MILK BLOOD HEAT

STORIES

DANTIEL W. MONIZ

ミルク・ブラッド・ヒート

ダンティール・W・モニーズ＝著

押野素子＝訳

河出書房新社

母へ。ジェイソンへ。
そして、まだ道を探しているすべての人へ。

半神たちは、ワインと花で崇拝される。
真の神々は、血を求める。

——ゾラ・ニール・ハーストン
『Their Eyes Were Watching God（彼らの目は神を見ていた）』

もくじ

装幀・組版＝佐々木暁

ミルク・ブラッド・ヒート

MILK BLOOD HEAT

ミルク・ブラッド・ヒート

1 モンスター／少女という怪物

「ピンクは女の子の色」。キーラはそう言うと、エイヴァと一緒に手のひらを切りつけ、ミルクがいっぱい入った浅いボウルに血を滴らせる。表面にゆっくりと色が広がってゆく。小さな赤い花が咲いてゆく。キーラはそのさまを眺めている。エイヴァはキーラを観察する。自分を切りつけることなんて慣れっこだと言わんばかりに、手をしっかりと固定するその姿を。日の光はキッチンの窓から差し込み、彼女の巻き毛を輝きで満たしている。キーラの唇は薄くて、一文字。でも、その瞳は大きい。グリーンとイエローが混ざった色で、瞬きひとつしない。「おかしな目」と、エイヴァのママはいつも言っている。バスタブの排水口から髪の毛を引き抜く時みたいな、しかめっ面をして。

二人はキーラの家にいる。彼女の両親は「表現の自由」を大切にしてくれるから、二人は木に登ったり、カエルを捕まえたりすることができる。ソファから外したクッションを居間の床に敷いて寝そべり、金属製のボウルに入れた砂糖たっぷりのシリアルを食べながら、何時間もアニメを見ることだってできる。エイヴァの家にいると、二人はお転婆《てんば》で怠《なま》け者扱い。ママをとことん苛立《いらだ》たせる。エイヴァのママは、キーラが好きじゃない。それでも、エイヴァとキーラが友達になってから、二カ月が経っていた。八年生になった八月下旬、体育の授業中にキーラがエイヴァに話しかけてきたのだ。「なんだか、溺《おぼ》れてるみたいな気分」。水なんてどこにもなかったけれど、エイヴァには彼女の気持ちが分かった。エイヴァも時折、同じような気分になっていたから。重苦しくて、息苦しい、ママには話しづらい類の気分。この感覚に名前をつけようとするのは、まるでお腹のなかからバケツ何杯分もの言葉を汲み上げるようなもので、どんなに頑張っても、しっくり来る言葉は見つからなかった。

どちらのママが語るかによって、二人の真実は変わる——これも、エイヴァとキーラのあいだに存在する違いのひとつだ。エイヴァはふと思う。たくさんの違いがあるのは、単にキーラが白人だから？　それ以外の何か？　肌の下にある、もっと内面的なもの？　今年のエイヴァは二面性に夢中で、ひとつのことを二つの視点から見ることにハマっている。キーラの瞳。どこか変だけれど、惹《ひ》きつけられる。自分の悲しみ。想像上のものだけれど、しっかりと脈動している。

「スプーン、持ってきて」とキーラが言い、エイヴァは引き出しから大きな穴あきスプーンを持ってくる。好みの色になるまで、ミルクと血をかき混ぜる。キーラの唇みたいなピンク色。柔らかくて、希望に満ちた色。エイヴァとキーラはボウルを傾けて口をつけ、一口、また一口と少しずつ、一滴も残さずに飲み切る。二人は顔についたピンク色の泡を腕の内側で拭《ぬぐ》うと、自分たちが今やったことを思い返し、厳《おごそ》かな気持ちでしばらくじっと座っている。

「血の姉妹」とエイヴァは呟《つぶや》きながら、時間が引き延ばされたかのような感覚に陥る――この感覚も、口では説明できない。キーラの血が体内に吸収され、小腸の粘膜《ねんまく》を通過して、エイヴァの血と違いがなくなるまで同化していく。エイヴァはそんなシーンを思い浮かべる。

「血の姉妹」とキーラも繰り返すと、ボウル、スプーン、ナイフをシンクに置く。こうしておけば、ママが洗ってくれるから。


今こそが審判の時。エイヴァとキーラはそう叫びながら草を蹴散《けち》らし、キーラの家の裏にある貯留池へと駆けてゆく。近所の犬たちは驚いて、しきりに歌い出す。二人は水のなかに小石を落とし、オタマジャクシが散り散りになるのを見て、さざ波を数える。

「逃げて、おチビちゃんたち」と言うキーラの声は、小さくて甲高くて、ホラー映画に出てくる女優みたい。エイヴァは浅瀬で足を踏み鳴らしながら、低い声で唸《うな》る。ローカットのスニーカーを履いたまま。靴下には池の水が溜まり、足の指のあいだはぴしゃぴしゃと音を立てている。彼女はフランケンシュタインの怪物《モンスター》。吸血鬼の女王。一三歳になったばかり。一度空洞になった体には、毒と塵雲《じんうん》の夢が詰めこまれている。エイヴァは反り返ると、太陽に向かって何度も遠吠えを繰り返す。太陽に見えるけれど、あれは燃えさかる奇妙な月。存在するのは自分とキーラがいるこの世界だけ。そんな風にふるまいながら。

キーラは土手に勢いよく腰を下ろすと、両脚を宙に上げてから膝小僧《ひざこぞう》を抱え、エイヴァを見つめる。その両手は、細い手首から鉤爪《かぎづめ》のように伸びている。エイヴァはありえない角度で腰を突き出したり、目をぎゅっとつぶったりしながら、キーラのためにポーズを取り、キーラはそんなエイヴァを見て笑う。手で写真を撮る真似をすると、シャッターチャンスを逃さないよう、お腹から地面に飛び込む。

「あなたはセクシーなモンスター！」とキーラは叫ぶ。アップ写真を撮ろうと池畔《ちはん》まで滑り降り、水を跳ね上げる。水滴は虹の色を帯び、ほんの一瞬だけ空中に舞い上がる。「さあ言って！　なりきって！」

「私はセクシーなモンスター！」エイヴァは歯を剝《む》き出しにして、キーラに倣《なら》って声をあげる。キーラはエイヴァの腕を引っ張り、二人はコロコロと笑いながら、草の上にひっくり返る。一緒に息を整えて、二人は待つ。心臓の鼓動が収まるまで。頰の赤みが引くまで。声にならない咆哮《ほうこう》が鎮《しず》まるまで、二人は待つ。でも、決して鎮まらない。その代わり、その猛《たけ》りは安定し、小さな鳴き声になると、胸郭のなかや指の合間で生きてゆく。

エイヴァは知っている。自分がモンスターだと。少なくとも、モンスターの気分。自分の体なのに、不自然で馴染みがないから。一三歳になるまで、「空っぽ」が、持ち運べるものだとは思っていなかった。でもこの空っぽ、誰に入れられたんだろう？　体のなかから追い出すことはできるか、考えることもある。でも、絶対に返したくない、と思うこともある。この空っぽは、エイヴァのものだから。

キーラは体を起こし、濡れたエイヴァのスニーカーの先を軽く払う。「そんなに汚して、ママに殺されるよ」

少女たちは、靴を履かずに遊び続け、池の裏にある小さな木陰に逃げ込むと、素足のまま冷たく柔らかい土を踏みしめる。折れた小枝やドングリの先の尖《とが》った部分が、足の甲の柔らかい肉に突き刺さっても、叫び声なんてあげない。歯を食いしばって、歩き続けるだけ。二人は痛みを飲み込む。

日の光が差し込む空き地で、二人は紅冠鳥《こうかんちょう》の死骸を見つける。真っ赤で、完璧。仰向けになり、丸まった脚を宙に浮かせている姿は、小さくて繊細な岩のよう。「触っちゃだめ」とキーラは言いながら、曲がった羽の先が鼻に触れそうなくらい、顔を近づける。「鳥インフルエンザ」。それでも二人は思い切り近づき、しゃがみ込んで死を飲み込む。

嘴《くちばし》の周りに生えている、黒く柔らかい羽を指でなぞってみたい。見開かれた空っぽの目と、まったく動かない体に、エイヴァは嫉妬《しっと》を覚える。腐りかかった甘い臭いすら羨《うらや》んでしまう。彼女は鳥の隣に寝そべり、鳥の頭の横に自分の頭を並べると、ギザギザに覗《のぞ》く空を見上げる。

心に描くのは、安らかな自分の姿。キーラも体を横たえる。太陽が世界を染めていく。涼《すず》やかなゴールドと、パープルがかったグリーン。太陽が松林の後ろに沈むまで、二人はその場を動かない。

その夜、エイヴァを迎えに来たママは、すぐさま娘の全身に目をやり、髪の乱れや痣《あざ》、娘が羽目を外した証拠を探す。ママの目は、エイヴァのスニーカーで留まる。ママの話す声は、甘ったるい。すべての言葉がはっきりと、慎重に発音されている。なんだか、不本意ながらも学ばざるを得なかった言語を話しているみたい。留守番電話の録音や、仕事で知らない人と会う時に、ママが使う声色だ。エイヴァの友達のママが白人の時、ママはこの声に切り替えて話す。「この子を見てくれて、ありがとうございます」と、ママは笑顔でお礼を言っているけれど、その目は火のついていない石炭だ。玄関先に立つキーラのママは、ひらひらとした空気のような軽やかさ。エイヴァの頰に軽く触れる、涼しげなオーラ。「エイヴァなら、いつでも大歓迎ですよ」と彼女は言う。ふわふわしたその声は、本物の綿菓子みたいで、溶けだしてしまいそうな優しさを湛《たた》えている。

「スニーカー、なんでそんなに汚いの？」玄関の扉が閉まり、車に向かって歩き始めると、エイヴァのママは問い詰める。

「あの娘《こ》の家で遊ぶと、決まって泥だらけになるのはどうして？　あの家は両親が揃《そろ》っているのに、子ども二人すらまともに見られないの？」エイヴァは何も言わない。言葉を発したところで、決して自分が望むような意味にはならないのだから。

2 ゲームズ／死の遊戯

エイヴァとキーラには、ほかにも違いがある。エイヴァの方が美しいけれど、肌の色が遥かに濃いせいで、引き立て役になりがちだ。それから、キーラはもう初潮を迎えていた。夜中に生理が来た。彼女が鋭いお腹の痛みで目を覚ますと、太腿《ふともも》に赤黒い血が点々とついていた。キーラはこれで大人の女性になったけれど、エイヴァはまだ少女にすぎない。さらに、キーラが悲しいと言うと、キーラのママはその気持ちを掘り下げてみなさいと応えるけれど、エイヴァが同じことをすると、エイヴァのママはただ疲れた顔をして、「子どもは遊んでらっしゃい」と応える。

だから、エイヴァは遊ぶ。バスタブのなかで溺れた真似をして、水のなかで目を開けたまま、息を止めて遊ぶ。家の隣にあるカエデの大枝から吊るされた真似をして、疲れて地面に落ちるまで、体を弱々しく揺らしながら、小枝にしがみついて遊ぶ。「もしも」ゲームで遊ぶ。もしも今、この車の前に飛び出したら？　もしも明日、目が覚めなかったら？　別に本気で考えているわけじゃない。何も考えちゃいない。

キーラもこの遊びが好きだ。でも、彼女はまるで九つの命を持つかのように、死について語る。もし命を落としたとしても、画面上の数字が点滅してカウントダウンしながら、「コンティニュー？」と尋ね、再スタートのボタンを押せと促してくれるかのように。地学の宿題でいろんな種類の石にラベルを付けている時や、キーラの人形で遊んでいる時に、二人は質問をぶつけあう。

「プールで溺れたら？」

「男に八つ裂きにされて、マットレスの下に隠されたら？」

「土のなかに埋められたら？」

「生きたまま？」

「ううん、死んだ後で」

エイヴァが特によく妄想したのは、最後のシナリオだ。ほかの少女たちが初めてのプロムに心奪われるように、エイヴァは自分が埋葬されるシーンを恭《うやうや》しく思い描く。自分の永眠の地。白いラインが入った棺に、ベビーピンクのバラの花。ママが着せてくれるのは、礼拝用に買ったヴェルヴェットのワンピース。ピエロの襟《えり》みたいに大きなレースのフリルが付いたソックスは、どうしても好きになれない。正直な話、エイヴァは死に惹かれていたわけではない。自分の不在が世界に与える影響に興味があるだけだ。（もし、ママが泣かなかったら？）地中に埋められたエイヴァの頭皮には蛆虫《うじむし》が這《は》い、まだ柔らかい肌と膨らみ始めたばかりの小さな胸は、次第に腐っていく。エイヴァのママは、そんな娘の姿を想像する？

エイヴァとキーラはバービー人形の首を粗い紐《ひも》で縛《しば》り、ドリームハウスの屋根から吊るす。くるくると回る尖ったつま先に、二人は視線を注ぐ。

3 プールサイド

エイヴァもキーラも、チェルシー・ザッカーのバースデー・パーティに行く気なんてない。チェルシーは学年末に一三歳になろうとしていた。でも、エイヴァのママがチェルシーのママから招待状を受け取り、エイヴァの参加を伝えていた。

「ほかにも友達、作らないと」とエイヴァのママは言った。娘の前に立ちはだかり、腰を片側に突き出しているママは、エイヴァの部屋の空気と光をすべて吸い上げているかのよう。エイヴァは、大きなママを前に萎縮した。でも、ママが大きいからこそ、自分も大きくなった気がした。そのあたたかい、褐色《かっしょく》の顔にキスをしたくなった。と同時に、手が痛くなるまでその顔を引っぱたいてやりたいとも思った。

「新しい友達なんていらないよ」とエイヴァは不機嫌な声を出したけれど、喧嘩《けんか》にはならないと分かっていた。既に負けていたのだから。

「ベイビー」。ママは軽く微笑みながら、エイヴァの顎《あご》を包み込んだ。「自分に必要なものが、あなたには分かっていないのよ」

バースデー・パーティに行かなきゃならない、とエイヴァはキーラに話した。ダウンタウンのエンバシー・スイーツ・ホテルで開かれるプール・パーティ。チェルシーの両親は、パーティの後にみんなが泊まれるよう、二部屋を備えたスイートルームを予約し、私たちがスイートルームの隣にいますから、とエイヴァのママに話していた。キーラも同じクラスの女子と一緒に招待されていたけれど、行かなくてもいいとママに言われていた。

「チェルシーは、四角四面だからね。あの娘のママが、八年生の女子を片っ端から招待しなきゃならなかったの、どうしてだと思う？　でも、エイヴァが行くなら私も行くよ」とキーラは優しげに言った。「私たち、姉妹だし。覚えてる？」あの血の破片。窓からの日差し。あの物憂くて、美しいピンク色。刃が手のひらを切っても、エイヴァはあの時、ほとんど痛みを感じなかった。

このホテルは、ジャクソンヴィルで最高級の部類に入る。とはいえ、この街の最高級なんてたかが知れている。少女たちは、もうそれが分かる年齢だ。エイヴァの年上の従兄《いとこ》は、以前ここで清掃のバイトをしていた。ゴミを捨て、小さなシャンプーボトルを交換し、宿泊客がベッドに残したさまざまな液体の上に膝をつきながら、シーツを替えていた。ホテルの星の数に関係なく、人間はみんな汚い。従兄はそう言って、すぐにバイトを辞めてしまった。

プールはふしだらに輝いている。人工的なブルー。その深さは、日光浴をしている大人たちによって守られている。みんな太っていて、肌は真っ赤。少女たちの目には、そんな大人の女たちが、狡猾《こうかつ》なゴルゴンに見える。今は寝たふりをしているだけで、少女たちの皮膚を剝《は》ぎ取ろうとしているのかもしれない。プールの浅瀬では、小さな子どもたちが水しぶきを上げている。甲高い声で叫んで、自意識の欠片《かけら》もない。パーティの出席者はみんな（キーラですら）、子どもたちを羨んでいるはず、とエイヴァは思う。一三歳という年齢は、あんな風に遊ぶには年を取りすぎているし、大人のふるまいをするには若すぎる。ほかの少女たちは唯一の日陰に入り、透明なプラスチックカップからフルーツパンチを飲みながら、無為に時間を過ごしている。エイヴァとキーラは、灼熱の太陽を背中に浴びながら、ひとつのプールチェアに二人でもたれかかる。お互いに頭を近づけながら、密かな企みを巡らす。(どっか行っちゃう?)ほかの娘なんて、眼中にない。

パーティに来たのは、二人のほかに女子六人。ニキビができかけた顔に、センスのない髪型をした不ぞろいな少女たちは、招待されただけで大喜びだ。ただし、マリソルは別。彼女は誰よりも美人できちんとしていて、来年ハイスクールに上がったら、クラス委員長に立候補しようと思っている。キーラはその指で、空中に大きく箱を描く。四角。四面。

キーラとエイヴァは、ミセス・ザッカーにせきたてられて、プールの中庭にある石造りのテーブル席に体を押し込むと、シートケーキを持ってこちらに歩いてくるチェルシーのパパを眺める。一三の数字が燃えている。笑いながら歌うチェルシーのパパは、なんだか間が抜けた感じ。みんなの水着の肩紐はずり落ち、髪の生え際には玉のような汗が滲《にじ》んでいる。湿った春の外気に混ざった塩素の匂い。エイヴァ好みの空気だ。みんなで「ハッピー・バースデー」を合唱すると、細くてコシのない髪と、鶏みたいに貧相な脚をしたチェルシーですら、パーティの主役の座で輝き、この瞬間だけは可愛く見える。

キーラもエイヴァもまともに歌ってはいないから、エイヴァはツーピースの水着に身を包んだマリソルに目をやる。既に曲線を描くその体。幼児体型を卒業して、お腹は平らになっている。長く伸ばした髪は、背中で黒々と光っている。間違いなく、マリソルはもう女性だ。エイヴァはそう考えながら、頭のほかに毛の生えている箇所を想像する。

チェルシーがキャンドルを吹き消すあいだ、キーラは「赤ちゃんだなあ」と囁《ささや》いて、遅い誕生日を茶化す。ほかのみんなはもう、「ティーン」がつく年齢に達していて、大半の子が一四歳になろうとしている。キーラが一四歳になるのは夏の終わり。その二週間後には、エイヴァも一四歳だ。

「年少さん」とエイヴァも囁き返す。誕生日が早いだけで、小さな優越感を持てたことをありがたく思いながら。

マリソルが二人に向かって睨《にら》みをきかせると、エイヴァは羽をむしられた鳥のような気分になる。マリソルは誕生会の主役に向かって激しく手を叩き、「お見事！　チェルズ！」と喝采《かっさい》を送る。

「やってらんないなあ」とキーラは言いながら、マリソルを睨み返すけれど、マリソルは気づいていないみたいだ。みんながチェルシーの周りを囲み、チェルシーのママがプレゼントを渡し始めて、お洒落なラッピングペーパーや、プレゼントの趣味の良さを褒《ほ》める——すごく大人っぽい、なんて言いながら。

キーラはエイヴァの手を取ると、足を踏み鳴らしてミスター・ザッカーのところに向かう。ミスター・ザッカーはプラスチックナイフでケーキを切っているけれど、真っすぐに切れずに台形になっているピースもある。

「ミスターZ」。キーラはお腹を抱えながら、前かがみになってうめく。「気分が悪いんです。横にならないとまずいかも」

チェルシーのパパは驚いた様子で二人を見つめ、エイヴァはそんな彼を見つめる。ここに来てからずっと、顔をしかめっぱなしの少女ふたり。その不機嫌な態度。大人も顔負けの圧の強さ。彼は二人に得体のしれない怖さを感じる。「ケーキは欲しくないの？」と彼は尋ねる。まるで砂糖とクリームが、どんな病気をも治す薬であるかのように。成長に伴って生じる情動不安の鎮静剤のように。キーラは、水のなかで血を嗅ぎつける鮫《さめ》のごとく、ミスター・ザッカーの弱さを感知する。彼女は身を乗り出すと、秘密を打ち明けるような調子で言う。「ミスターZ……ええと、あの、女の子の日なんです」。魔法の言葉。

ミスター・ザッカーは、ポケットから部屋の鍵を取り出して、エイヴァの手に押しつけ、鍵と一緒にバタークリームケーキの入った紙皿二枚も渡す。「ああ、部屋を使いなさい。少ししたら、メアリーに君たちの様子を見に行ってもらうから」

「ありがとう、ミスター・ザッカー」とエイヴァは言い、初めて彼に笑顔を見せる。自分が微笑んだところで、彼の不安が鎮まらないのはエイヴァも知っている。そして、どこかでそれを喜んでいる自分がいる。「私がしっかり面倒見ますから」

二人は部屋に向かわない。誰にも邪魔されない別の場所をエイヴァが知っているから。

「従兄が給料をもらいに来た時、連れていってくれたんだ」とエイヴァはキーラに言う。

「ドアに暗証番号があるけど、ずっと変わってないって言ってた」

「従兄は今、何してるの？」

「コロラドでマリファナ栽培してるよ。家族はみんな怒ってるけど、昔よりはるかに儲《もう》かってるんだって」

二人はエレベーターで一〇階まで上がると、エイヴァは屋上へと続く目印のないドアまでキーラを連れていく。二等分されて整然としたダウンタウンが一望できる。二人の周りに広がるのは、ホテルよりもわずかに高いベージュやグレーの地味なビル。遠くには、セント・ジョンズ川に架かる青い橋と、その反対側にはガラスでできた細長いタワーがいくつか。エイヴァは、この場所に嫌悪感を覚える。自分の故郷。でも同時に、自分の手のひらに収まるほどの世界を見ているような気がして、胸が高鳴る。ここでは、エイヴァが王様。光を支配する者。どこのママであろうと、必要なものを指図なんてできない。

エイヴァとキーラは人々の後頭部を眺めながら、指でケーキを食べたり、屋上から脚をぶらぶらさせたり。みんな、スーツケースや五、六人の子どもを抱えて、ホテルに出入りしている。二人は見知らぬ人々のおぼろげな喧騒《けんそう》に耳を傾ける。屋上からでは、このなかに幸せな人がいるのか、エイヴァには分からない。年を取るにつれて、人生に味わいが増すのかどうかも。

「挽肉《ひきにく》器で挽かれるっていうのはどう？」とエイヴァが尋ねる。

キーラはフライパンでソーセージを裏返す真似をする。「朝食用に自分が炒められるとこ、想像できる？」

「美味しそう」とエイヴァ。

「処刑されるのは？　アン・ブーリン式に。首切りだ！」

二人は時間を忘れ、こんなやり取りを続ける。しばらくのあいだ、そこはエイヴァとキーラしか存在しない世界。完璧な場所。

「もう戻らないと。警察呼ばれちゃうよ」。エイヴァはそう言って立ち上がる。

「最悪」。キーラもゆっくりと言いながら、立ち上がる。キーラは困惑しているよう。何かを見たけれど、それが何なのか分からない、といった様子で、まばらに広がる建物の屋上を見つめている。彼女は紙皿を屋上から落とし、エイヴァもそれに続く。二人が見守るなか、紙皿はゆっくりと美しく漂い、地面に落ちていく。エイヴァは下に戻ろうと、体の向きを変える。

背後からキーラの声。「屋根から落ちるのはどう？」エイヴァの頭のなかを、映像がよぎる――一陣の風、折れる骨、跳ね散る赤い肉の塊《かたまり》。恐ろしすぎ。キーラにそう言おうと振り返ったけれど、目に入るのは醜《みにく》いビルの上を青く伸びる空だけ――神が作った、正真正銘のブルー。

地上では、誰かが叫びはじめる。

エイヴァは、体が縁へと引っ張られるような感覚に襲われる。キーラの名前が喉《のど》につかえる。肺が縮み、翼がはためくように頭に血が上っていく。逃げ出したい。でも、すべてを見たい。彼女のなかで、相反するふたつの欲求が湧き上がるなか、足が勝手に動き出す。

エイヴァは縁から身を乗り出し、下を見る。

4 Q&A

Q. なぜ?

そしてこの質問の下には、さらに多くの質問が広がっている。心から答えを求める問いかけは少ないけれど、どの質問も悲しみに包まれている。

屋上で何をしていたの? どうやって上がったの?(もっと分別のある子に育てたはずでしょう?)あの娘は悲しいって言っていた? 私たちが何かしたのだろうか? あの娘は私たちに怒っていた? どうしてこんなことが?(なぜみんな、あなたたちから目を離していたの?)二人は喧嘩したの? あの娘を押した?(うちの娘のせいだって言っているんですか?)じゃあ、どう解釈すればいいんですか? なぜ止めなかったの?(無理に決まってるでしょう?)どうして子どもが……? 私たちのせいなの? これからどうすればいい?この先、私たちはどうしたら?

救急車が出発し(ランプは消えていた)、警察が証言を集め、ショックを受けた目撃者がようやく気を取り直すと、人々は帰途につく。エイヴァは後部座席で体をよじり、暗闇のなか、ホテルが背後に消えていくのを見つめる。知っていることはすべて話した。彼らが受けとめきれない事実を除いては。それは、言わないのが優しさだから。あらゆる可能性が、相反する真実として存在していたけれど、キーラが飛び降りたのは、もっと小さくて、はるかに単純な理由からだ。

A．キーラは知りたかっただけ。飛び降りたら、どんな感じなのか。

5 ブラッド／血

キーラが埋葬された三日後、エイヴァはバスタブのなかで初潮を迎える。血は赤黒くて、ただの血ではない。赤い固体がいくつか、水に浮かんでいる。エイヴァのお腹と腰のくびれにわずかな痛みが走ったけれど、今となってはもう何の意味もない。比べる相手がいなくなってしまったのだから。キーラと向き合って、束の間であっても自分たちは同じだって感じられるのが、何よりの快感だったのに。でも、何をやるにしても、必ずキーラが先だった。死でさえも。自分は死で遊んでいたけれど、キーラは死を自分のものにしていたんだ、とエイヴァは気づく。

キーラは、エイヴァをきちんと理解してくれる唯一の人だった。彼女はエイヴァの顔を見て、自分と似た何かを感じ取り、それを言葉にしてくれた。（なんだか、溺れてるみたいな気分。）自分を分かってくれる人は、ほかにいる？　それはママじゃない。エイヴァはママの前でずっと黙っていた。ひとたび口を開けたら、叫んでしまうと分かっているから。悲鳴が爆発してしまう。止まらない、激しい毒が。直接言われたことはなかったけれど、エイヴァはママが友達と話しているのを耳にしていた。「両親がたまにでもお仕置きしていたら、あの娘はまだ生きていたかもしれないのに」

エイヴァは深くゆっくりと息を吸い、水面下に沈んでいく。体がバスタブの底に沈んでいくあいだ、目は閉じたままでいる。その音と感覚で、心臓が一定のリズムを刻んでいるのが分かる。そのリズムがバスタブを満たす——安らぎと失望を兼ね備えていて、非の打ちどころがない。エイヴァはキーラみたいになれる？　口を開けて、水と血が流れ込むまま、じっとしていられる？

彼女は口ではなく、目を開ける。そこにはママが立っていて、エイヴァを見下ろしている。水面が揺れていて、顔ははっきり見えない。エイヴァは慌てて立ち上がろうとして、驚きのあまり水を飲み、喉を詰まらせる。ママは身を乗り出し、エイヴァの両肩を強く摑《つか》む。濡れたエイヴァの両腕は滑りやすかったけれど、それでもママの手は、びくともしない。ママはエイヴァを抱き締めると、エイヴァの目を覗き込む。

「死は永遠なんだよ。分かる？」とママ。エイヴァは一三歳で初めて、ママの顔に理解の閃《ひらめ》きを見る。少しだけ、分かってもらえているような気がする。(ママはずっと分かってくれていたのかも？)初めてそれに気づいた時、エイヴァは動揺し、彼女のなかで何かがカラカラと音を立てて外れる。熱い涙が、勢いよく溢《あふ》れてくる。「空っぽ」が、体のなかから押し出されたのだ。エイヴァは座ったまま震え、ママの指は両腕に押しつけられている。その痛みが心地よい。

「大丈夫」。ママは言う。「泣いていいんだからね」

ママはタオルを摑み、エイヴァを立ち上がらせる。娘の体を拭き、ナプキンの使い方を教えてから、居間に連れて行く。エイヴァを両脚のあいだに座らせると、ママは彼女の髪をほぐし、頭皮にオイルを塗り、指でしっかりとマッサージする。髪をクラウンブレイドに編むあいだずっと、何も言わずに好きなだけ泣かせてくれる。エイヴァはこの新しい感情を不思議に思う。何かが開いたような気分。自分のなかで、小さくて大きなことが起こっているような、心のなかにスペースができているような気分。

「ママ、すごく悲しいよ」とエイヴァは言う。この言葉では気持ちを伝えきれないけれど、ママが両手でエイヴァの目をおさえて、塩からい涙を受け止めてくれる時、エイヴァはママが自分の気持ちをきちんと理解してくれていると思う。

二人でやった他愛ないことや、みんなに聞かれても害のないことを思い出しながら、エイヴァがキーラのことを話せば、「友達に何があったの？」と尋ねられるはず。そんな時、エイヴァは体育の授業でキーラに初めて会った時のことを思い出すだろう。「友達は、どうやって死んだの？」この質問には、「溺れ死んだの」と答えるつもりだ。

キーラのことを考えると、コンクリートに横たわる彼女の壊れた体が脳裏に浮かぶ。でも時が経てば、ほかの姿を思い出すようになるだろう。もう先を競うことはできないけれど、特に何かを初経験した時には、キーラのことを思い出すはずだ。初めてマリファナを吸った時。初めて車で事故を起こした時。初めてセックスした時。（その頃までには激しい罪悪感も鎮まり、安らぎのようなものになっていると思う。）結婚式の夜、エイヴァは夫（確信はできないけれど、自分が愛していると思っている男性）と胸を寄せ合って踊るだろう。エイヴァを理解し、エイヴァに必要なものを押しつけようとしない男性。触れ合って踊る二人の体は、心地良いあたたかさを生み出す。エイヴァはその時、一三歳も終わりに近づいたあの日を思い出すはずだ。

キーラの誕生日（生きていれば一四歳）、エイヴァはキーラの家の裏庭に忍び込み、貯留池まで歩いた。沈みゆく太陽と、ピンク色に燃える水と空が見たかった。キーラと一緒にオタマジャクシを脅かし、撮影ごっこをしたあの土手に立ちたかった。モンスターみたいな少女二人が、世界を丸ごと支配していた場所。太陽が地平線の縁に沈むと、エイヴァは裏庭でつまずきながら、来た道を戻った。空が暗くなっていく。あたりは静寂に包まれている。すると、何か小さくて、押し殺したような声が夕暮れのなかから聞こえてきた。キーラのママが、庭の隅に置かれたパティオ用の椅子に座っていた。両手で顔を覆《おお》っている。体に巻きついたバスローブからは、青みがかったミルク色の太腿が、片方だけ露《あら》わになっていた。

結婚式の夜（それ以外でも折に触れて）、エイヴァはこの光景に立ち戻るだろう。キーラのママに歩み寄って目の前に立ち、その肩に手を置いたこと。キーラのママの体が、自らを蝕《むしば》んでいるかのように、窪んで見えたこと。そして、エイヴァは思い返すだろう。キーラのママのバスローブを開けて、自分の体を彼女の体に重ねたことを。お互いの肌が触れた場所は吸いつき合い、密閉された。時間が二人の周りで壊れてゆくなか、エイヴァは黙ってずっとそこに留まり、考えていた。キーラのママは、私の血管に激しく流れている娘の血を感じられる？　唸り声を上げ、熱を発しているキーラの血を。

FEAST

饗宴

　そこにあるのは月明かりだけ。ヒースの肩にこぼれ落ち、私に背を向けて横向きに寝る彼の姿を照らしている。それから、カーテンレールの上に浮かぶ二本の小さな手。その指は、人形が使う銀のフォークの歯ほどに微細だ。夫の名前を呼ぶと、私の声はぱらぱらと喉《のど》から漏《も》れ出てくる。ヒースはすぐに目を覚まし、ベッドサイドの灯りをつけて私に寄り添う。寝起きの息が感じられるほどに。彼は私の瞳孔《どうこう》を確認し、冷たい手の甲を私の額に当てる。

「痛みは？」と尋ねられると、私は自分の口を飲み込みたくなる――唇を折り曲げ、破裂するまで噛《か》みしめたい――こみ上げてくる笑いを抑え込むために。私はお腹に両手を当ててうなずく。ヒースは私のスリープシャツの下に手を伸ばし、私の肌を触診《しょくしん》する。

「どこが痛いの？」彼の指は、私の肌を押し続ける。なんだか粘土になったみたい。

「全部」と私は答える。

　すると、彼は私を見つめる。一〇年後、二〇年後と、未来の私の姿を思い描いていることは、その目を見れば分かる。結婚した頃に彼が抱いていた私という女性の面影は、もうほとんど残っていない。私の口は黒い洞窟。醜《みにく》くて、四角い。

「レイナ、大丈夫だよ。何の心配もないから。悪い夢でも見たんだろう」。彼は灯りを消し、私は口をつぐむ。カーテンを上ったり下りたりしている小さな手のことにも触れない。私たちは二人とも、芝居をしている。そうするしか、眠りにつく術がないから。


　どうしてみんなが体のパーツにこだわるのか、体の大きさを測ることに固執するのか、今なら理解できる。妊娠／育児アプリのせいだ。キンカン、芽キャベツ、ザクロの種、緑レンズ豆と、私も我が子の成長を農作物と比べていた。ただし、生えてくるのは根ではなく、脳や舌に眉毛、しゃぶるための親指。ほんの束の間、私はそんな我が子に恋をしていた。

　ヒースと私が結婚して三年。彼にはもうひとり子どもがいて、前妻がいて、私とはまったく関係のない過去の人生があった。私にあったのは、友人たちの質問（二人の子どもはいつ？）と、母の決めつけ（良い髪質の赤ちゃんが生まれるわ！）だけ。私は両手を広げて、これまでの努力に見合った報酬を受け取ろうと待ち構えていた。ハネムーン・ベイビーが欲しかった。金色の肌と、ヒースのような榛色《ヘーゼル》の瞳をした、巻き毛の赤ちゃんが。我が子を待つあいだ、彼の子どもで練習を重ねた。ディナーに出かけた時には、顔にかかるナイラの髪を耳にかけてやりながら、そんなに急いで食べちゃだめよと声をかけ、周りには「私たちの娘」だと紹介した。

九カ月前、生理が来ず、妊娠検査薬と医師で確認した。「ダディ」と書かれたカードと高級シャンパンを並べてヒースに伝えた時、私は全身から輝きを放っていた。修士号や高いクレジットスコアと同様に、この赤ちゃんは私の価値を認めてくれた。ひざまずいてプロポーズしてくれたヒースのように。私は育児書を買い、最高のベビーベッドを物色し、妊婦が避けるべき無数のものを遠ざけた。あらゆるルールを守って、あるべき妊婦の姿を体現した――普通の倍努力しても、得られるものは半分だけれど。

赤ちゃんを失った時、その大きさはワシントン・チェリーほどで、性器はあまりにも小さく、熟練した技師でも見分けることができなかった。自覚症状はなかった。赤ちゃんは小さすぎて、胎動もなかった。胎芽が胎児になる節目の診断で、残念でしたと医師は私に言った。厳粛な表情を作っている。心拍はなかった。生きていたはずの赤ちゃんは、死んでいた。「妊娠初期には、よくあることです」と医師は私に言った。「しょっちゅうあることなんです。胎児が排出されて、排卵が始まれば、またトライできますよ」。胎児、と彼女は言った。数分前まではあんなにも嬉しかったその言葉が、不快になった。

私は子宮内膜掻爬《そうは》術やピルを断り、「自然な」排出を待った。私のなかには、まだ希望があった。医師の診断ミスなんて、しょっちゅうあること。私はほっそりしたお腹をつつき、揺すり、動いてちょうだいと赤ちゃんに命じた。「ベイビー、目を覚まして」と言ったけれど、翌日には出血が始まり、止まらなくなった。始まりました、と医師は言い、私にできることはなくなった。ヒースは私の額にキスをして抱き締めようとしたけれど、私はその腕に身を任せられなかった。育児書を抱えてバスルームに閉じこもり、じっくりとページをめくったけれど、時間の戻しかたや、心臓の動かしかたはどこにも書いてはいない。赤ちゃんにふさわしい子宮を作る方法も。私は手で摑《つか》めるだけのページを引きちぎってトイレに流し、クルクルと渦巻いてびしょ濡れになった紙の塊《かたまり》が、足元に戻ってくるのを眺めていた。その後、シャワーをしていると、私の赤ちゃんも同じように出てきた。

その夜、ヒースが持ち帰ったマリーゴールドの花束のなかに、初めて赤ちゃんの部位を見た。花びらに紛れた、小さな性器の割れ目。女の子。消えてしまうかもしれないから、瞬きをするのが怖かった。娘は私と一緒にいて、私に話しかけていた。つまり、こちらも言葉を返せるということだ。こんな形でも、娘に会えることが嬉しかった。小さな耳が現れたら、どれほど彼女が望まれていたかを語ってあげよう。でも、時が経つにつれ、この現象は祝福ではなく、咎《とが》めだと思うようになった。ヒースには話さなかった。これは私のためのもの。目に映る光景の意味を理解するのに、精神科医なんていらない。赤ちゃんがまだ私のなかで無事ならば、どんな風に成長していたかを知らせる現象なのだ。

月に代わって顔を出した太陽が、バターのような色で輝く昼下がり、私は電話の着信音で目を覚ました。見なくても、母かヒースからだと分かる。もう、私に電話をかけてくる人なんて、ほかにはいないから。

「もしもし」

「まだ寝てるんだ」とヒースは言う。断定口調だ。

「うん」

大学の厚意によって、この数カ月のあいだ、仕事を滞らせないことを条件に、私は「病気休暇」の解釈を拡大することができた。すべての顧客に人員を配置し、決して誰も放置されないよう、私は万全の策を取った。今はほぼ自宅で働いている。学生たちが教科書や避妊具を買い、インスタントラーメンを棚に並べることができるよう、学資援助を給付する定型プログラムを動かしている。でも、ヒースは知っている。私の本当の仕事場はベッドの上で、本当の仕事は睡眠による忘却の実践だということを。

「今日はナイラを学校まで迎えに行ってくれよ」

空いている方の手を顔まで近づけて、指を観察する。ピンクがかった白い爪に、爪を支える擦り切れた甘皮。指を口まで持っていき、ささくれを噛み切る。

「聞こえてる?」とヒースは尋ねる。その声には不安が滲《にじ》んでいて、そこには若干の苛立《いらだ》ちが、見事な塩梅で加えられている——最近、二人のあいだで定番になったカクテルだ。

「うん」。私はまだ指を噛んだままで答える。お腹が鳴っている。

「レイナ……あの娘《こ》と一日過ごすって、約束したじゃないか」。彼が黙り込むと、二人のあいだで静電気が音を立て、彼の願いと私の願いは、電話回線を通じていびつに変形する。

「お願いだから」とヒースは言い、私はため息をつく。哀《あわ》れな今の私は、泣きつかれるととことん弱くなる。

「今起きるよ」と私は彼に言う。喉から唾を出して、ささくれを飲み込む。

＊＊＊

私は路上に車を停める。児童のお迎えエリアと記された車道に沿って、保護者たちが作っている輪の外側に。子どもたちは動いているから、はっきりと姿が見えない。学校を飛び出して全速力で走ってくる、不規則に混じったさまざまな色。紙切れを振っている。レトロなプラスチックの弁当箱を持っている子もいる。私が幼い頃、母にねだった類のものだ。流行は繰り返す。子どもたちは海鳥のように甲高い声をあげ、海岸に打ち寄せる波のようなエネルギーで親たちとぶつかり合う。私は手で日の光を避けながら、群衆のなかにいるナイラを探す。

縁石の端にいる子どもたちのなかに見つけた、ナイラの姿。舌を出しながら、懸命に私を探している。彼女を見ると、私のお腹に痛みが走る。トントンと、叩くような痛み。気づいてほしいと訴えかけてくる感情。私の手は車のキーに触れていて、ガソリンも満タンだ。見つかる前に走り去るのは容易《たやす》いはず。姿を消すことはできる——夏の湿った空気を辿《たど》って慣れないハイウェイを走り、キッチンのカウンターで踊る小さな脚や、ベッドサイドのランプからゼイゼイと息をするインゲン豆のような肺から逃げ出すのだ。ひび割れた大地を思い描く。巨大なサボテン。西に向かうほど乾きを増す熱い空気に、赤く沈む太陽。そこでは、真っ白な砂のなかにいる毒ヘビを見守り、月が注いでくる冷たい眼差《まなざ》しの下に寝そべる。満腹のお腹が肉で揺れる。コヨーテが、私に子守歌を歌ってくれるだろう。

私はイグニッションからキーを引き抜き、車から降りて道路を渡り、手を高く上げる。手を振る。五週間近く、ナイラには会っていなかった。六歳の快活さや、その髪の明るさを忘れていた。それから、彼女が私を愛しているということも。ナイラは私の腰に両腕を回し、柔らかでふっくらとしたお腹を私に押しつける。私は彼女の肩を摑んで体を離し、その顔を見つめる。空腹しか感じない。

「何か食べよう」と私は言って、微笑んでみる。作り笑い。

車の後部座席にナイラを乗せて、シートベルトをつける。彼女は木星の衛星や、空が生まれる宇宙塵《うちゅうじん》の雲について話す。重力が私たちを地球に固定し、リンゴを木から落とすのだと教えてくれる。「今日はお絵かきしたんだよ」と、後で絵を見せてあげると約束してくれる。私だって、言うべきことは分かっているけれど、それでも言えない。私は死んだ衛星。情報は拾えるけれど、何も返せない。この娘は賢い子だから、それを察している。会いたかったと私に言う。私も努力しているし、彼女を愛しているから、嘘をつく。

「私もだよ」と応えると、私は車を出す。

ヒースと元妻の取り決めで、ナイラは毎食野菜を食べなければいけないことになっている。それに新鮮な果物と全粒穀物。加工品のジャンクフードはほとんど許されていない。私はウェンディーズでベーコンチーズバーガーとラージサイズのフライドポテトを注文し、ナイラと一緒に駐車場で食べる。チョコレートフロスティを二人で分け合い、フライドポテトをそのなかに浸す。フロスティの冷たさが歯に染みると、頭までキーンとしてくる。口を開けたまま節操なく食べる彼女に、私のオレンジソーダも思い切り飲ませてあげる。ストローに残ったハンバーガーやパンのくずは、ノミのように払いのける。

「二人だけの秘密だからね」と私は漫画のように大げさなウィンクをして言う。「これからおもちゃ屋さんに行ってもいい？」

強引な駆け引きだ。保護者をゆするという初めての試みに、私は抗《あらが》わない。幼児教育の本を貪《むさぼ》るように読んだから、この種の行動は自然なことだと知っている。正常な成長のしるし。玩具店ではナイラに二五セントをあげて、壊れかけたガムボール・マシンに硬貨を差し込む彼女の姿を見守る。ガムボールが傾斜台をらせん状に転がり、待ち受ける手の上に落ちると、彼女は歯を見せて大きく笑う。私が見つめるなか、彼女はガムを噛み、その口はだらしなく真っ赤に染まる。小さくて完璧な歯は、キャンディの血で汚れる。

ダイニングルームのテーブルで、ナイラの宿題をやる。彼女のお喋《しゃべ》りはまだ止まらない。彼女はその思考はたゆみなく流れる川で、大きくうねりながら前進し、進路を変えてゆく。彼女は父親と違って、聞く者の反応をそこまで求めない。宇宙空間と同じくらい奇妙な場所は海だけ、と私に話す。ヒースは一時間、遅くても二時間以内に帰ってくるだろう。そうすれば、私はここから逃れて、ベッドに潜り込み、裸でブランケットの下に横たわることができる。私はナイラが学校で使っている太い鉛筆で、紙の余白に灰色の渦巻きを走り書きして、消えていく自分を想像する。

「ほら」とナイラは言いながら、バックパックから工作用紙で作った六面体の箱を取り出す。尖《とが》った鼻が誇らしげに輝いている。わずかに潰れた六面体。「これ、作ったの」。六つの面には異なる色の紙がテープで貼り合わされていて、それぞれの面にはマジックやクレヨンで描かれた顔がついている。

「これがママで、パパで、あたし」と彼女は言い、私が見えるように箱を回転させる。ヒースの面は薄緑がかったブルーで、彼の眉毛はくしゃくしゃの髪の上、ハイフンみたいに浮かんでいる。娘が丁寧に自分を描いてくれたことに、驚いているかのような表情だ。マウイもいる。飼い犬のフレンチブルドッグ。幸せそうに舌を出している。私もいる。黄色で描かれている。口は種のないスイカ一切れ。笑っているようにも、叫んでいるようにも見える。ナイラは贈りもののように最後の面を差し出す。ピンクのその面にも、体のパーツ。そこには赤ん坊の顔が描かれていた。光の輪があって、首にあたる位置には鳥の翼。安らかに眠っているかのように、目は閉じられている。彼女の期待を感じる。私に向けられた承認欲求。

「ありがとう」や「よくできました」という私の言葉。私が母親のようにふるまうのを、彼女は待っているのだ。

私は廊下のバスルームに駆け込み、便器に嘔吐《おうと》する。もう一度、吐く。またもう一度。棒線画で描かれた私の顔と同じ、黄信号のような色の胆液しか出なくなるまで。ドアの外でナイラの声が聞こえる。私の名前を呼びながらドアノブをいじる声には、恐怖が宿っている。

「入っちゃだめ!」と私は言う。トイレの水を流し、バスタブに足を踏み入れる。

ナイラのところに行って、なだめてあげなければ。私は大丈夫だよ、と言ってあげなければ。分かっているけれど、今は無理。ヒースが医師側について、またトライすればいいよと言う時、私は微笑むことに疲れた。人の命が交換可能で、区別なんてないかのような言い草じゃないか。今の私に元気なふりはできないし、ナイラを自分の娘のように扱うこともできない。どんなに取り繕《つくろ》っても、この最悪な気分を和らげることはできない。ナイラはここにいる——生きていて、息をしていて、目に見える形で——それなのに、どうして私の赤ちゃんはいないんだろうと、一日ずっと考えていたという事実は変わらないのだから。

ヒースが帰宅した。バスルームのドア越しに、彼の低い声が聞こえてくる。心地良く響くざわめき。それが途切れた時には、ナイラが私たちの一日について彼に話し、ドアの後ろに私がいると教えているのだろう。ヒースはドアから顔を出す。浴槽にうずくまっている私を見て、その顔は曇る。申し訳ないとは思ったけれど、釈明するほどの罪悪感はない。「あの娘をどれくらい一人にしてたんだ?」と彼は尋ね、私は肩をすくめる。

「別に家が燃えてるわけじゃないでしょ?」

彼の頬がこわばる。「戻ったら話そう」と彼は言い、ドアを閉める。彼の足取りが聞こえてくる。ナイラの持ち物をまとめ、彼女を車に乗せて、家まで送っていく。

三〇分後、彼は戻って来る。体に見合わぬほどの重い足取りで動いている。玄関で待つ私は、戦闘態勢だ。「あの娘を降ろす前に、私は大丈夫だって言ってくれた？」

彼は目を閉じ、私の前を通り過ぎると、居間《リビング》へと移る。「いつになったら忘れてくれる？　俺たち、いつになったら普通に戻れる？」

「忘れるって？」私は夜の星のように色めきだつ。ふいに感情が溢《あふ》れそうになる。「良かったね、そんなにも簡単に忘れられて」。「おい、レイナ！　どうすりゃいいんだよ？　もう八カ月だぞ」。彼は鼻筋をつまむ。「簡単だなんて言っちゃいない。みんなが君に言ってきたことを、言ってるんだ。よくあることだって！　しょっちゅうあることだって。それにまだ……」彼は口を閉じる。

戻ってこなければよかった、と彼は思っているみたい。「性別だって、分からなかったし」けれど、私は知っていた――金色に輝く、柔らかな花びら。私の可愛い女の子。そして私は、「よくある」痛みを感じたかった。

「私との赤ちゃんなんて欲しくなかったのかもね。純粋な家族の血を汚すのが怖かったんじゃないの」と私が嘲《あざけ》ると、ヒースの顔が歪《ゆが》む。

分かっている。きわどい一線を超えようとしていることは。でも、この怒りは絶品。最後の晩餐のような充足感があって、私は自分を食べることを止められない。「本当は喜んでるのかもね。あなたにはもう、完璧な娘がいるし」

「いい加減にしろ！」とヒースは怒鳴ると、足を踏み出して私の手首を摑む。血の気の多い男なら、ここから何が起こるかは分かる。でもヒースは私を見つめるだけ。君が誰なのか分からない、といった目つきで。そんな君なら知りたくもない、とでも言うかのように。怒りが鎮《しず》まるまで、彼は荒々しく呼吸し、小さなうめき声をあげると、感情の窓が開く。その窓を通じて私は初めて、彼の悲しみや、不ぞろいで生々しい欲求を感じとる。私は啞然《あぜん》としながら、感情を飲み込む彼を見つめる。「よくもそんなことを」と彼は囁《ささや》き、私はいたたまれなくなる。

私はヒースにもたれかかり、額を合わせる。彼はじっとしたまま動かない。「ごめん」と私は言う。「本気で言ったわけじゃないの。ほんとにごめん」。この喪失感をナイラのせいに、何かのせいにできたらいいのに。でも、私には何の釈明もできないし、責める相手もいない。ナイラのせいでも、ヒースのせいでもないことは分かっている。私のせいですらないかもしれない。私はヒースにキスをする。ヒースがキスを返し、私たちは服を脱ぎ、彼は私の肌に体をぴたりと押しつける。二人には、これが必要だったんだ。ずっとこれを求めていたんだ。満たされる方法は、いくらだってある。「お願い、お願い、お願い」。私は何度も懇願する。それが自分の知っている、唯一の言葉であるかのように。

赤ちゃんが私のなかから出てきた時も、今みたいに懇願していた。私の体温とシャワーの蒸気であたためられていた赤ちゃんは、生々しい生命の色をしていた。赤茶色の縞《しま》が入った赤い球体がいくつか。シャンパン・グレープほどの大きさの塊。それから、ぬるぬるとしたコインみたいに小さな銀色の袋。バラバラになった私の赤ちゃん。イチジクのように黒く光っていた。シャワーヘッドの下で空っぽの体をかがめ、水が冷たくなるに任せ、その袋をジップロックに滑り込ませた。ヒースに病院まで送ってもらう前に、私は赤ちゃんを拾い上げてあやした。私のなかから出てきた異質な光景のなかに、顔や小さな膝《ひざ》があるかを確かめようとした。私は手のなかで赤ちゃんを揺らしながら、大丈夫だよと話しかけた。母親がすべきことなら、もう分かっていたのだ。

宇宙空間と同じくらい奇妙な場所は海だけ、とナイラは言っていた。だから私は翌朝、水族館まで車を走らせ、チケットを買う。ホールはちらちらと光っている。陸なのに厚い水に囲まれていて、しんと静まりかえっている。ここでなら、あてどなく歩き回っても大丈夫。私は蛍光色の魚に目を奪われているふりや、人工光に向かって伸びる海藻のゆらめきに心を奪われているふりをする。潮だまりでは、ウニの紫色の棘《とげ》に指を這《は》わせ、ウニが身震いするのを見つめる。やみくもに摑もうとするウニのまんなかで、私は指を動かさず、そのまま摑ませてあげる。

突然、水族館は子どもたちで溢れかえる。一年生の遠足だ。猪突猛進の子どもたちに続くのは、疲労困憊《こんぱい》の教師たち。子どもたちは目を大きく見開き、手を伸ばし、ウニのように何かを摑もうとしている。とたんに私は、彼らを抱き締めたくなる。その小さな胸に自分の胸を押しつけて、潑剌《はつらつ》とした鼓動を感じたい。子どもたちは、浅い水槽の底で休む軟体動物に畏敬の念を抱く。触るという行為だけで、簡単に喜びを爆発させる。彼らの存在がまぶしすぎて、私は姿を消す。もっと暗くて、もっと孤独な空間を求めて。

ひときわ水が深く見える薄暗い部屋のなか、私はガラスに頭をつける。一瞬、生まれる前の感覚を思い出せそうになる——この暗闇、この重み、この心地良さ。それから、水のなかで何かが蠢《うごめ》き、私の注意を引く。水槽の隅、天然石に隠れていたのはタコだ——虹色に輝くオレンジ色の胴体には、青い輪がらせん状に巻かれている。ゆっくりと、金色の目を瞬かせることもなく、黒い口のなかに触手を入れている。ほかの手ははためいていて、そのうちの二、三本は短くなっている。食べかけの手。タコの無感情な視線を感じる。赤ちゃんのパーツと同じように、私はこの光景を見るべくして見ている。シンクロニシティ。灰と再生、自分の尾を食べる竜の暗示。

「ちょっと!」と、私の横にいた男が声をあげる。眼鏡をかけた中年の父親で、両手に子どもを引いている。私がタコの前で釘付けになっているあいだに、彼は音もなく近寄っていた。私がじっと見つめていたから、興味を惹《ひ》かれたのかもしれない。彼は近くにいたスタッフに声をかける。「このイカ、何かおかしいですよ!」。お節介で無知な男。タコとイカの区別もつかないなんて。

私はふたたび水槽に近づく。ガラスに反射した私の姿がタコと重なり、私の目はタコの胴体の上で黒く光っている。タコは狂ったのかもしれない、危険に晒《さら》されているのかもしれない、と男はうろたえている。目に見えない有害なシグナルが、水流のなかで広がっているとでも思っているのだろう。でも私は知っている。この行為は自然なものだと。この行為の下には真実があり、筋骨たくましく、輝いているのだ。私はタコが話す声を聞いた。時に傷ついた体を食し、細胞のひとつひとつを消化しなければ、新たな始まりを味わうことはできないよ。

野次馬が来る前に、スタッフがこの神々しい行為を中断させる前に、私は唇が触れるほどガラスに近づき、その瞳を覗き込む。

「そうそう」と私はタコに語りかける。「その調子。一口ずつね」

TONGUES
異音

ミズ・アドラーは、机の上に「今日の単語」カレンダーを置いている。だから四時間目、ゼイヤはアメリカ史について冗長に語る彼女には耳を貸さず、新しい単語を覚える。非難《センシュア》、変遷《ヴィシシチュード》、曖昧《カリジナス》な、釈義《エクスィジーシス》。とらえどころのない言葉。形をどんどん変えてゆく。ゼイヤは言葉を食《は》む。貪《むさぼ》るように。

毎日、何かを学びなさい。それがミズ・アドラーの口癖。先生は若くて、教室の外ではケイティって呼んで、なんて言っている。赤い口紅に、ガータートップのストッキング。脚を組むと、花の刺繍《ししゅう》が覗《のぞ》く。ゼイヤは放課後に、先生が男性とフレンチキスして、彼の素敵な車に乗り込む姿を見たことがある。先生はまるで一七歳の高校三年生みたいに、満面の笑みを浮かべていた。

今日の単語は「ルシファラス（luciferous）」。ゼイヤは発音を間違える。ミズ・アドラーは言う。そうじゃなくて、シにアクセントね。でも、ゼイヤは「ルシファー（lucifer）」の部分が気になってしかたがない。ルシファーなら知っている。堕天使、暗闇の王子。

お菓子のタバコの箱に描かれた、小さな角の生えた男。この言葉が、どうやったら「光」の意味になるというのだろう？「彼ら」には、知られたくないことがたくさんあるのよ、とミズ・アドラーは言う。すごく謎めいた先生の口調。スリムな金髪の預言者みたい――でも、この考え、その言葉がゼイヤのなかで息吹を与えられ、永遠に続く南部の暑さのなかで大きく成長していく。

家に帰ると、ゼイヤは辞書をバスルームに持ち込む――ドアに鍵をかけるのは、冒瀆《ぼうとく》的な行為だけれど――悪魔《ルシファー》について、辞書で調べる。牧師や家族の日曜版聖書とは違う意見を探す。一．高慢で反抗的な大天使で、天国から堕ちたサタンだとされる。二．明けの明星として現れた時の金星。三．（小文字で）摩擦マッチ。

日曜日のニュー・ライフ・ファースト・バプティスト教会――ゼイヤと弟のダックは、両親に挟《はさ》まれて信者席に座っている――ダックはゼイヤの手に指を滑り込ませ、手のひらをくすぐる。退屈した時や、大人がおかしなことやバカげたことを言った時に送る、二人の合図。ダックは一二歳で、まだこのニックネームを受け入れていて、ありがたいほどに素直だ。赤ちゃんだった弟をゼイヤは覚えている。小石のように滑らかな頭をしていた彼を、母親が抱かせてくれた。欠伸《あくび》をする口、母乳の香りがする息、なんて甘美な感触。彼はほかならぬ、彼女のものだった。ダックは賛美歌に合わせて歌う。いつものごとく、わざと音程を外しているけれど、今のゼイヤは退屈していない。彼女は歌わず、観察する。献金皿が一度、二度と回っていく様子。紫色のガウンの袖を大きく揺らしながら、説教壇で咆哮《ほうこう》する牧師。聖霊に触れられたいと、祝福を求める人々。牧師の親指が眉間《みけん》に強く当たると、みんな倒れ込んでいる。

彼女は牧師の言葉に耳を傾ける。兄弟姉妹よ、私を救世主として受け入れる者はすべて、天の王国で永遠に生きるのです！　悔い改めよ！　彼は目に見えない何かを急《せ》き立てるかのように、宙を鞭打《むちう》つ。祝福を与え、罪を赦《ゆる》す——牧師という地位にいる彼の仕事だ。信徒たちは身をよじる。ゼイヤたちの前の席では、フラワーボックス型の帽子をかぶったシスター・ルースが後ろ向きに崩れ落ち、異音で話している。この奇妙な言語は、魂が息づく奥深いところから流れてきて、神が解放してくれるのを待っている。シスター・ルースの顎《あご》に生えている数本の長い毛が震え、成人した娘が手で彼女の顔を扇ぐ。ほかの人々も聖霊に触れ、聖霊は炎のように教会をなめてゆく。頭を下げて、祈りましょう、と牧師が言う。信徒たち、母、父、ダック。みんなが下を向き、目を閉じているのをゼイヤは見つめる。目を開けているのは、彼女と牧師だけ。ゼイヤは牧師をじっくりと眺める。歓喜で汗ばむ銅色の肌。自分の影響力を推しはかるかのように、頭を垂れた人々で埋まった教会内を見渡すそのさま。彼と目が合い、ゼイヤは頭を下げたけれど、時既に遅し。みんながアーメンと言うまで、もう顔は上げない。家に帰る車のなかで、ゼイヤは牧師の顔に浮かんでいた感情を翻訳する――「スーパシリアス（傲慢）」、「エニグマティック（得体のしれない）」。お腹がすいた。

翌週、バイブル・スタディを終えて、新しい服でお洒落した母親がみんなと挨拶を交わすあいだに、牧師はゼイヤを狭いオフィスに招き入れる。そこは倉庫を兼ねているみたいだ。「クリスマス」、「聖餐式《せいさん》」というラベルの貼られた箱が机の周りに積まれていて、ゼイヤはラベルを読みながら、中身を思い描く。聖母マリアと、飼い葉桶に寝かされ、黒い肌をした赤ん坊のイエス。大量発注した安いワインと、キリストの肉に見立てた無味乾燥のウエハース。ゼイヤが机の前の椅子に座ると、牧師は尋ねる。君は敬虔《けいけん》な少女だろうか？　どう答えたらいいのか、彼女には分からない。それから彼は、あるべき女性像をゼイヤに語る――物腰柔らかで、従順で、信心深く、清楚。牧師の話を聞きながら、彼女はイヴの歴史を思い出す。イヴが知恵の樹の実を食べ、夫にも勧め、その罪で全世界を襲ったこと。イヴが立場をわきまえなかったせいで、人類は苦しみというさだめを背負わされたこと。牧師が話すあいだ、ゼイヤは唇の内側を噛《か》む。窓際では、身動きの取れなくなったハエが、哀《あわ》れな音を出している。

ゼイヤの母親は、ここで女性としてのありかたを学んだ。この教会で。そして父親は、男性としてのありかたを。でも、ゼイヤは図書館に行って、本当の歴史を調べていた――奴隷船に魔女裁判、裸足のまま留められた女性たち。借りてきた本には、賃金格差、融資差別といった言葉が溢《あふ》れていた。文学や伝記などのジャンルを問わず、男たちの憤怒がページを汚し、人々の心のなかに白い種のような嘘を蒔《ま》いていることに、彼女は気づいていた。牧師は散らかった箱を摑《つか》みながら立ち上がり、机の上に腰かける。その爪先が、ゼイヤの脚に触れている。彼は身を乗り出して、彼女のむき出しの膝《ひざ》に重い手を置く。「善良な若い女性たち――君のような、神を畏れる少女たちに――教会を支えてもらわないとな。分かるかい？」と彼は尋ね、ゼイヤの膝を摑む。

ゼイヤは牧師のメッセージを聞き、その下に隠された真意を理解する。頭に髪を生やすのはいいけれど、脇の下の毛は認められない。腕の毛はいいけれど、脚の毛はだめ。両脚のあいだの毛は……男性の好み次第。男性に見つめられるのはいいけれど、見つめてはいけない。ゼイヤは彼の顔をじっと覗き込む。瞳に涙が滲《にじ》んでくる。心臓が喉元《のどもと》でどくどくと脈打っている。何も言わない。彼が動くまでは、動けない。彼の前では、絶対に泣くもんか。ついに彼女がうつむくと、牧師は手を離し、彼女を解放する。ドアを開けて、彼女を部屋から出すと、神のご加護を、と声をかける。

ゼイヤはこの時の経験を頭のなかで反芻《はんすう》する――学校でも、自宅でも、寝ているあいださえも。日曜日は二週連続で、両親に挟まれ怯《おび》えながら座り、ダックですら彼女の緊張を解くことはできない。どういうことなのだろう。頂点に君臨し、神と繫《つな》がる牧師が、何者でもない子どもの自分をわざわざ脅すなんて。彼の言うことを聞く人は大勢いる。彼が「喜べ」と言えば信者は喜び、「悔い改めよ」と言えば悔い改める。彼が「祈れ」と言えば、教会中が恍惚《こうこつ》の境地に達するというのに。英文学の授業で、先生が出した課題は『緋文字（The Scarlet Letter）』――ゼイヤが読んだなかでも、最高に退屈な不倫の本だ。ヘスターと街の人々のやりとりで気づいたことは？　と先生はクラスのみんなに尋ねる。クラスメイトのほとんどはじっと見ているだけで、そわそわしたり、目を逸らしたり。それから、誰かが発言する。みんな、彼女を嫌っていました。

そう！　と先生が大声を出すと、生徒たちはびっくりして動きを止める。でも、どうして？　静寂のなか、紙がカサカサと音を立てる。ふしだらだったから？　別の生徒が答えると、先生は首をかしげる。間違っているとは言わず、答えに疑問を投げかけるのが彼のやりかただ。自分たちの生活や世界に当てはめて考えてみよう、と先生は言う。憎悪の本質とは？　憎しみは、何の役に立つのだろう？　ゼイヤは街の人々を想像する。彼らの囁《ささや》き声に、冷酷な掟《おきて》、嫌悪と軽蔑の眼差《まなざ》し。いかに彼らが不貞を働いた女性を除け者にして、彼女の光を封じ込めようとしたかを。

みんな、彼女を怖がっていたんです、とゼイヤは先生に言う。口に出しながら、それが答えだと気づく。先生はゼイヤに指を突きつけ、そう！　そのとおり！　と声をあげる。先生が昂《たかぶ》ってきた。生徒の机の前を行ったり来たりしている。ゼイヤは席から身を乗り出し、彼の真実に近づこうとする。先生は続ける。憎悪とはたいてい、心理的な脅威――罪悪感や痛み――を隠すためのもの。僕たちの恐怖。僕たちは、恐れているものをどうやって扱う？

牧師とのひとときは、学びという粒の周りに集まり、削り取られ、そこからゼイヤは真珠のように輝く知恵を手にする。次の日曜礼拝の後、牧師はダックと冗談を言い合い、ゼイヤの両親の称賛を受けながら、その手をゼイヤの肩に置く。彼女はその手を睨《にら》みつけ、刺すような視線を牧師に向けながら、払いのける。牧師は笑ってその場を取り繕《つくろ》うが、その手は脇で拳を作る。

その夜、夕食の直前に牧師からの電話。内容は分からないけれど、ゼイヤは後で想像する。電話の向こう側で、嘘を吐き出している彼の姿を。ヒキガエルのようにむっつりとした顔で、復讐を果たしている。母親は電話を切った後、食卓でゼイヤを平手打ちして罵《ののし》る——恥知らず、面汚《つらよご》し、あばずれ。牧師を侮辱するって？　みんなに示しがつかないじゃない！　ダックは廊下に隠れて話を聞いている。ゼイヤは壁に映った弟の影を見る。母親は言う。あなたの行動が、私の評判にかかわるのよ！

ゼイヤは説明しようとする。母親の怒りと、心の奥底で流れる自分の怒りから身を守るために。でも、母親は恥の意識に囚われ、ゼイヤの怒りに気づこうとしない。母親は夕食を出さず、娘を部屋に追いやる。父親は居間でその様子を見ながら、黙って母親の好きにさせる。

その夜、ドアを蝶番《ちょうつがい》から外された自室のベッドのなかで、ゼイヤはミズ・アドラーのことを考える。蛇のように恋人の体に巻きついた、柔らかな罪びと。罪を犯すか、囚われの身になるか。どちらがマシなのか、両親に尋ねてみたいと思うけれど、ゼイヤには分かっている。母親は真実を恐れていると。父親なんて、真実に気づきもしないだろう。たとえ真実に招き入れられ、新鮮な果物を差し出されたとしても。

娘を信じず、守ってもくれない両親に、ゼイヤは反抗する。どんな些細なことにも。体と心のハンガーストライキを敢行し、教会には決して足を踏み入れない。両親からお仕置きされても、さっさと受け流す。ゼイヤは「ルシファー」をマントラにして、その名前を叫び、言葉がぼやけて摩擦音にしか聞こえなくなるまで繰り返す。彼女なりの異音。その振動は、がらんとした部屋を満たし、壁に染み込んで通り抜け、弟の部屋まで伝わる。日曜日、両親はゼイヤを家に置いていく。それを悲しむ弟は、ゼイヤの言動に戸惑う両親の会話を小耳に挟む。全寮制の学校にでも送ったほうがいいのか、と母親は悩んでいる。

ある夜、ダックはゼイヤの部屋に忍び込み、姉のベッドに入り込む。まるで子どもの頃みたいに。どうして昔のようにはいかないの？　弟がその疑問を言葉にしようとしているのが、ゼイヤには分かる。以前のゼイヤは、折り畳んだメモをつけて、ダックにお弁当を持たせてくれた。父親の車を借りて、食べ物の買い出しにも行っていた。後部座席に座ってシートベルトを締め、姉の言うことさえ聞いていれば、ダックもついて行くことができた。いまや両親はハゲタカみたいに見張っているから、二人が自由になるのは闇夜の時間だけだ。

最後にダックは言う。どうして止められないの？　ゼイヤは質問の意味を推測する――変わってしまうこと、悪い子でいること。絨毯《じゅうたん》のようにびっしりと生えたダックの柔らかな髪に、ゼイヤは指を絡ませる。弟が理解できるような、弟を慰められるような話は何もできない。光の本質は、真実を照らすこと。多くの人々と同じように、彼女は一度見てしまったことを忘れることなどできない。こうして一緒にいるだけで、十分ならいいのに。でも、ダックが待っているから、話さなければ。真実は美しい、と彼女はエマーソンの言葉を引用して語る。でも、嘘だって美しい。

ダックはもう、「憑依《ひょうい》された（ポゼスト）」という単語を理解していて、姉は取り憑《つ》かれたんだと思う、と学校の親友二人に話し、姉の様子を説明する。部屋の床に寝そべり、足を真っすぐに上げて壁につけていること。姉の発する奇妙な音が頭の周りで光を放ち、「S」という文字が浮かび上がるかのように見えること。悪魔はさまざまな形で現れるが、大半が女性の形をしている、という牧師の忠告についても。先週の日曜日、ダックは牧師に引きとめられ、そう言われていた。

ダックは二人を親友だと思っていたけれど、二人はそう思っていなかった。だからほかの友達にも話を広げて、噂が噂を呼ぶ。そして突然、校庭でライアンがダックの前に立ちはだかる。刈り上げたばかりのフェードカット、蔑《さげす》むように笑う太い唇。首には父親のゴールド・チェーン。その大きな手は暇を潰すかのようにだらりと垂れていて、拳はひび割れて乾いている。ダックと同級にいるけれど、それは留年しているから――もうすぐ一四歳。頭が悪くて、自分よりも小さい同級生に怒りの矛先を向けている。

お前の姉ちゃん、エクソシスト系らしいな、と彼は言う。頭がグルグル回ってんだろ。ダックは口ごもり、ライアンを避けようとするけれど、手でがっちりと胸を押さえられてしまう。そのビッチ、俺のディックの上でもクルクル回れるかな？

校庭がどっと沸く。ダックのクラスメイトたちは、彼を弔《とむら》う真似をして、飲み物を地面に注いでいる。ダックは分かっている。これは母親への侮辱に次いで、少年が口にできる最悪の暴言だと。ダックは分かっている。ほかの男子生徒もいる手前で、これを許してはならないことも。足を踏み出す前から、負けることだって承知している。それでも、尻込みなんてしちゃいられない。

ダックが学校から帰ってくると、玄関の階段で本を読んでいたゼイヤは、弟が両親の監視下に入ってしまう前に、戸口で声をかける。彼の顎を摑み、顔を覗き込んで目を合わせる。どうしたの？　彼の頰は既に腫《は》れていて、皮膚の下には血が溜まっている。姉を見つめるその瞳は暗い。みんなが姉ちゃんのこと、デヴィル・ビッチって呼んでるんだ、とダックが答えると、ゼイヤはのけぞる。弟がビッチなんて言葉を使うの、初めて聞いた。みんな、姉ちゃんは地獄に堕ちるって言ってるよ。

誰が言ってるの？　とゼイヤは尋ねる。ライアンとか、みんな。あと、牧師さん。ダックはそう言うと、彼女から体を離して険しい視線を送る。ゼイヤは下がって、弟を家のなかに通す。母親は大騒ぎでダックの顔にできた痣《あざ》に冷凍豆の袋を当てながら、何があったの？と問い詰める。姉に忠実なダックは、喧嘩《けんか》したとだけ答えて、理由については口を割らない。

母親は校長に連絡しようと電話をかけるけれど、父親が電話を切る。あいつに恥をかかせるなよ、と父親は言い、ダックの顎の下を撫《な》でる。相手はもっと酷《ひど》い顔してるだろうな、とウィンクする。

両親が寝静まってしまえば、ゼイヤが家を抜け出すのは容易《たやす》い。女の子がこんな風に歩き回るのは危険だけれど、彼女は夜の街路の雰囲気が好きだ。誰もいなくて、街は自分のものみたい。時折、彼女は静かな空を眺め、その瞳はいちばん明るい光に惹《ひ》きつけられる。星と惑星の違いについて、科学の先生が授業で教えてくれたことを思い出す。先生は言った。「きらきらぼし」を歌えばいい。水星、金星、火星——惑星は、きらきら瞬かないから。

数ブロックを早足で歩き、ニュー・ライフ・ファースト・バプティスト教会に到着する。尖塔《せんとう》のある小さな教会。暗闇のなかでも、ありのままの姿が映し出されている。中身は空っぽで、人を惑わす場所。芝居の舞台。彼女は知っている。牧師が語るストーリーは、ほかの男たちから学んだもので、疫病のように世代を超えて受け継がれ、男たちの気質となったことを。青い目の男たちが夢見た天国から、導き出された規範だということを。ミズ・アドラーが言っていた「彼ら」が誰か、彼らが自分に学ばせたくなかったことは何か、ゼイヤには分かったような気がする。女は二番目の存在じゃないということ。アダムの肋骨《あばらぼね》から生まれたものでもないこと。自分の存在すべてが神であること。あの牧師みたいな男たちは、説教壇から叫び続けて、愛しいダックのような少年たちを教育するだろう——憎悪と恐怖を備えた男になるように。

ゼイヤは父親が持っていた赤い容器のキャップを外して、深呼吸する。昔から、ガソリンの匂いが好きだった――子どもの頃は、父親の車にガソリンを入れさせてもらっていた。燃えるものの匂いが好きなのだ。大きな木製の扉にガソリンを浴びせ、後ろに下がる。一瞬、明日のトップニュースを思い浮かべる。「黒人少女の放火で、黒人教会が全焼」。そしてこの行為が、どのように誤解されるかも――白人たちは（一部の黒人も）、「黒人同士の犯罪」についで語る口実を与えられ、大喜びするだろう。もう少しだけ逡巡《しゅんじゅん》した後、彼女はマッチに火をつける。

やめなよ。

ゼイヤが振り返ると、ダックが挑むように立っている。パジャマ姿だ。片方の目は黒い月のように光り、もう片方は腫れて潰れている。膠着《こうちゃく》状態の二人。マッチはまだ、彼女の手元で光っている。二人の周りで地獄のような炎が上がる危険は高い。ダックは前に出て姉の手を握りしめ、ゼイヤがもう片方の手で持っていたマッチの火は、小さくなって消えてゆく。

金曜日、ゼイヤは具合が悪いふりをして、手で口を押さえて咳をしてみせる。喧嘩に疲れた両親は、もう問いただすこともない。自分で何とかしなさい、と母親は言う。みんなが出払うと、ゼイヤは着替えてキッチンに行き、二枚のパンにピーナッツバターとアップルジャムをたっぷりと塗る。もうすぐ彼女は一八歳という扉をくぐり、両親の家を出て、未来へと進んでいく。未来はまだぼんやりと輪郭を現すだけで、形ははっきりとは見えないけれど。彼女はキャンバス地のバッグに知識のすべてをまとめ、パンソフィ（全知）、ヴェリシミリテュード（真実味）といった言葉のすべてを詰め込んで、成熟した女性の身体に纏《まと》ってみせるだろう。彼女が身に纏う知識と言葉は、タヒチの真珠みたいに輝くはずだ。ゼイヤが家を出たら、両親は彼女との連絡を断つだろう。ダックも年に一、二回しか手紙をよこさないだろう。カードに姉を想う気持ちを綴《つづ》り、様子を窺うけれど、いつ帰って来るかを尋ねることはない。ゼイヤはミズ・アドラーを思い出し、心に決めるだろう。自分の力をきちんと知って、他人の言葉の下に隠れた影を見てやろうと。牧師のこと、彼の恐れも忘れない。教会を焼き払っておけばよかった、と後悔することもあるだろうけれど、弟に救われたことは確かだ。

ピーナッツバターとジャムを挟んだサンドイッチとベビーキャロットを茶色い紙袋に入れ、ゼイヤは弟の学校へと徒歩で向かう。円形広間《ロタンダ》に入ると、まるで時間が逆戻りしたかのよう。自分がいた頃と、何も変わってはいない——壁一面に描かれたジャングルの絵に、生気のない顔をした事務員たち。身を隠すために使える場所も、昔のまま。校長室に入ると、ゼイヤはとっておきの愛想笑いを浮かべる。朝のあいだじゅう中学生の相手をしていたデスクの女性は、ゼイヤとの雑談を息抜き代わりに楽しんでいる。弟がランチを忘れたんです、とゼイヤは彼女に言う。優しいお姉さんですね、と女性は返す。弟さんの名前は？

ライアンです、とゼイヤが答えると、女性は教室を調べ、途中で落ち合えるよう呼び出しますね、と言う。女性が道順を教えようとすると、ゼイヤは笑って断る。覚えてますから。女性の目が届かなくなると、ゼイヤはランチの入った紙袋をゴミ箱に捨てる。前からやって来るのはライアンだ――ずんぐりとした体で、風を切って歩いている――ゼイヤは微笑みを深める。少年はその場で止まり、今にも逃げ出そうとするかのように、小刻みに足を動かしている。対峙する二人。ゼイヤは尋ねる。あたしが誰か、知ってる？

彼は両手をポケットに突っ込み、顎を突き出す。ああ。で？　何の用？

ゼイヤは片足に体重をかけて腰を突き出し、歯を見せて笑う。用があるのはそっちだって聞いてんだけど？　少年の目に、自分がどう映っているかは分かっている。目にかかるほど長い、細くカールした前髪。カフェオレ色の肌――彼女はヴィーナス。海から上がったばかりのアフロディーテ。ライアンは後ろを振り返り、頬の内側に舌を這《は》わせている。ホール・パスを持った生徒が近くの教室から出て来たけれど、それ以外は二人きりだ。ゼイヤは彼のジレンマを察する。エゴと常識がせめぎ合いをしているのだろう。どちらを突けばいいかは分かる。怖いの？

ライアンは地面を蹴る。話し声は、不自然な低音。わざとらしい、地声よりもはるかに低い声。彼は答える。何も怖くねえよ。

それならついてきて、とゼイヤは言う。

ライアンはゼイヤの後を追い、収納室に入る。ゼイヤが覚えている場所。在学中は、火山や太陽系の模型など、生徒たちが科学のプロジェクトを保管していた。なかは薄暗くて、接着剤や何かがこぼれたような匂いがする。ゼイヤは少年を棚に押しつけ、手のひらに唾を吐くと、彼のパンツのなかに手を滑り込ませる。彼は硬くなったと思うと柔らかくなり、再び硬くなると、そこからはずっと硬さを保つ。彼の薄汚れた臭いが、ほかの匂いと混ざる。彼のため息は、彼女の頬にべっとりとへばりつく。

ゼイヤは少しだけ彼にこの状態を楽しませ、手をゆっくりと滑らせる。これをネタに、学校の友達にもっと権力を振るえるぞ。今夜のベッドのなかで使える新鮮なネタにもなるし――少年がそう考えたちょうどその時、ゼイヤの手が彼を締めつける。動かないで、と耳元で囁かれ、少年は硬直する。ゼイヤはさらに強く握りしめると、彼の目をじっと見つめる。

今度弟に手出ししたら、あんたが寝てるところを見つけて、コレをむしり取ってやるからね。ゼイヤの言葉には、何の影もない。何も隠されていない。その率直さにつられて、少年も本心を見せる。虚勢や屈強さの代わりに、恐怖が顔に表れる。ゼイヤはその顔を観察し、露《あら》わになったおののきを堪能する。分かった？　と彼女が声をかけると、少年は頷《うなず》く。だって彼女は、暗闇のなかですら輝いているのだから。

THE LOSS OF HEAVEN
天国を失って

彼の体重は、素っ裸の状態で九五キロ。レザージャケットとブーツを入れると、九八キロになる。ひんやりとした三月の晩、彼はそんな出《い》で立ちでバーに向かった。ジャケットの襟《えり》には、ゴールドのスタッドピン。スペードの形をしたこのピンは、妻からの贈りものだ。彼は高価に見えるものに目がない。それを知った妻が、若い頃にくれた。眉目《みめ》好《よ》いわけではなかったが、ライトスキンにウェーヴのかかった髪、磨き上げられた爪、財布にぎっしりと詰まった紙幣で、彼はいい男の風情《ふぜい》を気取っていた。アルバトロスに入ると、戸口で立ち止まる。恰幅《かっぷく》の良い自分の体がドア枠を塞ぐところを想像しながら、客が自分を見て「誰だろう」と考える時間を作ってやるのだ。ジュークボックスからはテンプテーションズが流れ、色鮮やかな光が彼の顔を照らすと、近くのテーブルにいた二人の女性が、淡い色合いのマルティーニから視線を上げた。一人はドリンクからチェリーを吸い出している。彼は悦《えつ》に入り、店のなかに入った。ヒルダは布巾《ふきん》でバーカウンターを拭いていた。退屈そうだが、長い前髪から覗《のぞ》く目は、カウンターの三人組に微笑みかけている。その美しい笑い声が、胸の奥からこぼれていた。彼はまんなかのスツールを選んだ。ここなら何にも邪魔されず、彼女を眺めることができる。

「ハイ、フレッド。ジムビームのコーラ割りですよね？」と彼女は尋ねた。お決まりの挨拶だ。そのゆったりとした低い声を聞いて、彼の胸は高鳴った。

「さすが、分かってるな」と彼は返した。ジャケットを脱いで椅子の背もたれにかける。そのあいだに、彼女はロックグラスに大きな氷を三つ入れた。ここまで大きい氷なら、すぐ溶けずに長持ちしそうだ。数カ月前に彼女と出会って以来、フレッドは頻繁に妄想していた。ヒルダの背骨に氷を這《は》わせ、火照《ほて》った体のどこで氷が溶けるかを記録する情景を。

「ライム抜きですね」とヒルダは歌うように言いながら、塩を振った白いナプキンの上に彼の飲み物を置いた。「お勘定は、最後にまとめて？」

「今払うよ」とフレッドはいつものように答えると、五ドルをカウンターに置いた。ヒルダはさりげない、流れるような所作で、紙幣をエプロンのなかにしまい込んだ。釣りは持ってこなかった。

火曜の夜のアルバトロスには、静かな客が集まっていた。スーツ姿のビジネスマン、日雇い労働者、無精髭を伸ばしたトラック運転手などが入り混じっている。バーの外観は安酒場と高級ラウンジの中間といった趣で、木のディテールとワインレッドの内張りが施され、バーガースペシャルといったメニューのほか、世慣れた男たちが遊びに興《きよう》じられるよう、後方には赤いフェルトのビリヤード・テーブルが用意されていた。年配の紳士たちは、薄暗い片隅のテーブルでライ・ウィスキーを飲みながら、男同士でしか分かり合えない会話をしていた。妻ではない女性（いや、少女に近い）の腿《もも》に手を当てている者もいる。彼女たちには結婚の経験がないため、世のなかがどのように動いているのか、これからどんな失望が待ち受けているかも、おぼろげにしか分かっていない。若い女性は従順だ。喜んで男性から影響を受ける。柔らかで初々しい彼女たちの頰は、ほんの些細な褒《ほ》め言葉でも赤く染まる。自分だけのために瓶に詰めてしまっておきたいと男が願ってやまない、過ぎし日の甘やかな気質。フレッドはドリンクを飲み干すと、グラスの縁から若いバーテンダーを見つめた。黒い制服のスカートの下で揺れる、ヒルダの健康的な腰つきは、彼の好みだった。深い褐色《かつしよく》の肌も。ほかの男性客と話すその姿も。彼女はオイルでセットした髪を前に垂らしながら、バーに身を乗り出して注文を取り、会話中は決して笑顔を絶やさない。一杯で二ドルのチップに、どれだけの価値があるかを知っているところもいい。決して彼のグラスを空にしないところも。新しいドリンクを作るたびに、ヒルダは微笑んだ。二人だけの秘密があるかのように。彼のことを「知っている」かのように。その指が彼の指に触れたまま、重みと熱を作り出すこともあった。

「ドリンク、まだ大丈夫ですか？」ときどき彼女は声をかけ、彼に目の保養をさせてくれる。彼が重要な客であることを忘れさせない心配り。フレッドは上機嫌だった。彼女に向けてグラスを上げた。バーボンの刺激で、喉《のど》はまだ熱い。「美しい友情に」と彼は言った。ヒルダが笑うと、その笑顔すら自分のためだけのものに思えてくる。

フレッドはバーで三〇ドルを使い、帰途に就いた。ラジオはつけず、路上の砂利をザクザクと踏みつけるタイヤの音と、シートの下で振動するV6エンジンの音だけを聞いていた。彼の愛車は、メタリックブルーに白いラインが入った八五年型のビュイック・リーガル。五二歳になった時、自分へのプレゼントとして新車で買ったものだ。六年前、彼が中庭に乗り入れた時、妻はこの車を見て笑い、中年の危機《ミッドライフクライシス》の応急措置なのかと尋ねた。「次は何？　愛人？」フレッドは気分を害した。まだ年寄りじゃない。高級品だって分相応だろう。そして今、バックミラーに映った自分の姿が目に入った。

「まだまだ男盛りだ」とフレッドは自分に言い聞かせた。そして、その言葉を心から信じているかどうか確かめようと、自分の目を見つめた。

家に着くと、ナイトガウンを着たグロリアがポーチに佇んでいた。優雅な指のあいだから、タバコがぶら下がっている。フレッドはエンジンを切り、しばらく座ったままハンドルを強く握りしめ、気持ちを鎮《しず》めようとした。喧嘩《けんか》してもしかたない。彼は車を降りてポーチの階段を上がり、彼女の隣の手すりに寄りかかった。横顔を観察する。細かく刻まれた茶色い綿のように、伸び始めた髪の毛。小さな耳に、平らな額。角ばった顎《あご》。小さな三角形をした顎先の皮膚は、弛《たる》み始めている。薄手のナイトガウンは、艶《つや》やかな片方の肩からずり落ち、その裾は交差した足首の周りに溜まると、ポーチの床板に積み重なっていた。体がドレスに飲み込まれている。

母親の服を着た子どものようだ。その時、彼は妻が愛おしくてたまらなくなった。グロリアが彼の視線を受け入れている時、ポーチの灯りはオレンジ色に輝き、光に目が眩《くら》んだ蛾がぶつかるたびに点滅していた。彼女はタバコを口に運び、長く緩やかに吸い込んだ。彼は思い描く。煙が彼女の胸郭のなかで渦巻き、骨をひとつ残らず照らし、残った肺を石の色に変えていく様子を。彼女はようやく夫に向き直った。その目は濡れていて、暗く落ち窪んでいる。俺の小さな栄光《グローリー》。彼は妻をそう呼んでいた頃のことを思い出した。いつやめたのかは、覚えていなかった。

「今日はどうだった？」彼は尋ねた。

「ぼちぼちってとこかな」とグロリアは灰をはじきながら言った。

「医者は？　何て言ってた？」

「フレッド」。彼女は錨《いかり》を下ろすかのように重い口調で、彼の名前を呼んだ。「もういいから」。

彼は口を開こうとしたが、何も言わなかった。彼女を揺さぶり、鳥の骨のように細い肩を折れるまで強く摑《つか》んでやりたかったが、死を間近にした者をそんな風に扱うのは人でなしだけだ。だから、手を差し出した。「さあ、なかに入ろう」

グロリアはフレッドに微笑んだが、動かなかった。

「しばらく外で涼んでるね」と彼女は言うと、庭の向こうに広がる地平線の下端を見つめていた。沈みかけの太陽で、地平線はまだ赤い。フレッドは突如、事態の深刻さに気づき、肩を落とした。妻は自分よりも、タバコとひとりを選んでいる。そもそも、妻がまたタバコを吸い出したなんて。そしてもはや、それを隠そうともしなくなっている。

二カ月前、腫瘍《しゅよう》内科医が険しい顔で二人を診察室に招き入れ、醜《みにく》い医学用語――再発、転移、手術不能――を並べ立てた時、グロリアは乾いた目で、その言葉を受け入れていた。まるで自分も医師であるかのように頷《うなず》きながら、冷たい死の言葉を平然と聞いていた。早急に積極的な治療を、と医師が勧めると、フレッドは口に手を当てて咳をした。「見込みは、どれくらいなんでしょうか？」と彼は尋ねた。凄まじい勢いで自分のほうを見たグロリアを尻目に、彼は続けた。「費用はいくらかかっても構いません」。この白人医師であれ、誰であれ、貧しいと思われてたまるか。医師は咳ばらいをして言った。「研究によれば、このステージの患者さんは標的療法にホメオパシー療法を併用して、治療プランを厳格に守ることで――」

グロリアは立ち上がり、部屋を出た。

一〇分後、フレッドが外に出ると、グロリアは車にもたれかかっていた。ボンネットにバッグを置き、爪の垢《あか》を取るような仕草をしている。彼が車の鍵を開けて怪訝《けげん》そうな視線を送ると、彼女は首をただ振るだけだった。あんなにも恐ろしい診断を聞いた後で、不愉快そうな顔をしているのは彼女だけだろう。ムッとするだけで済んでいるのは、彼女くらいのものだ。去年の夏に初めて診断を聞いた時、彼女は車に乗り込み、帰りの道中ずっと泣き叫び、夫に抱きかかえられ、ようやく家に入ったほどだった。フレッドはあの反応が遅れてくると思ったが、彼女は泣かなかった。グロリアは通り過ぎていく街並みを眺めながら言った。

「あれ、私とは何の関係もなかった。部屋のなかで、男二人が喋《しゃべ》っていただけ」

ようやく反応が訪れたのは、ポークチョップに豆入りマッシュポテトの夕食を取っている時だった。しかし、彼が予想していたものとは違っていた。

「化学療法はやらない。もう十分」

「ベイビー、今の君は動揺してるんだ」とフレッドが言ったのは、彼自身が明らかに動揺していたからだ。

彼女には辛い道のりだった——化学療法、放射線療法。どれも治療というより、さらに病気が増えたようなものだった。胸を切開して肺葉を切除したため、右胸の下には長く柔らかい傷跡が残り、周囲の皮膚から数センチ盛り上がっている。これはキャンサーランド（がんの国）でもらった最後のお土産、と彼女は自嘲気味に言った。傷跡、脱毛、口内炎に、眩暈《めまい》がするほどの吐き気と恐怖に打ち勝ち、彼女はがんを克服した。やっとの思いでようやく取り戻しつつあった口常を夫婦で祝っていた矢先に——この悪い知らせだ。最悪の裏切りにあった気分だったが、それでもフレッドは思っていた。一度できたことなら、もう一度できる。がんの治療にかかる費用で妻が罪悪感を抱くかもしれないと、彼は繰り返した。経済的には心配ない。フレッドは一家の大黒柱だった——ずっとそうだったし、それはこれからも変わらない――自動車輸送トラックの運転手を引退した身分だが、一三歳から働き続けてきた。そして何よりも、彼は男だった。自分の家族や仕事はきっちりと面倒を見た。誰もそれを否定することはできない。

グロリアはカトラリーを置いて眉間《みけん》をこすり、再び言葉を発した時には、殉教者のような疲労と忍耐の入り混じった顔をしていた。この表情に苛立《いらだ》ちを覚えたことを、彼は思い出した。「フレッド、私の言ってること、聞いちゃいないでしょ。もういいって言ったの。これで死ぬなら、それが私の寿命」

フレッドはその時、妻の言葉を信じていなかった。しかしその夜からまもなく、グロリアの服からタバコの匂いがするようになった。近くでタバコを吸っている人がいた、と最初はお決まりの言い訳をしていた彼女だが、その後フレッドは、車の後部座席の床に半分吸われたタバコの箱を見つけた。彼が問い詰めようとした時、グロリアは居間で本を読んでいた。眼鏡が鼻からずり落ちている。彼はタバコの箱を投げつけ、それが彼女の胸に当たった。

「決心がついたみたいだな」と彼は唸《うな》るように言った。

「生きたいように生きようって決心？」

「死にたいように死ぬってことだぞ！」という彼の言葉に、彼女はこう返した。「何が違うの？」

妻は自分を罰している。フレッドは知っていた。グロリアが言葉にしなかった心のうちや、自分の質問に対してほとんど「了解」としか答えずに本音を隠していたことを考えると、胃が締めつけられる気分だった。フレッドは確信していた。妻はこちらのすべてをお見通しだ。このがんは、彼女の体を蝕《むしば》む代わりに、人を見通すという神がかり的な力を与えたのだと。グロリアに見つめられると、フレッドは自分の悪行に光が当たっている気がした。複数の女性と重ねてきた逢瀬《おうせ》。煩わされたくないからと、グロリアに子どもを産ませなかったこと。彼女が知っていたことはほかにもある。彼が財布にへそくりを隠していること。腫瘍があると初めて聞かされた時や、彼女の体が弱っていくさまに嫌悪感を抱いたこと。妻は九歳下なのだから、自分の面倒を見るべきなのに、立場がひっくり返って腹立たしく思ったこと。そして最悪の可能性は——ひとり残されるという夫の圧倒的な恐怖を、グロリアが察知しているということだ。苦みを帯びた夫の恥辱感が、彼女の舌の上で溶けてゆく。自分なしの夫はただの臆病者だと、彼女は知っていた。妻はそれを心のどこかで喜んでいるに違いないと、フレッドは思っていた。

フレッドは一人で家に入り、ゆっくりと歩いた。寝室が三つある乱平面《らんへいめん》造りの家。ローンはない。二人きりで住むには大きすぎる、とグロリアはよく言っていた。子どもを持つつもりでこの家を買ったのだろうと妻は考えていたが、彼は広大な敷地を気に入っていた。この土地は自分のものだ、と思えたからだ。子どもで部屋を埋められないグロリアには、長年をかけて美術品や観葉植物、希少本などを好きに飾らせてやった。寝室に入ると、彼はブーツとレザージャケットを脱いだ。オックスフォードシャツと肌着は、服の山の上に置いた。グロリアがそのままにしているから、洗濯物は溜まるばかりだ。ズボンを脱ぎ、財布の隠しポケットに収めている一〇枚の新札——すべて一〇〇ドル札——が無事かどうかを念のため確認した。紙幣を取り出し、折り畳まれた札の縁に指を走らせ、手のひらの上でその重さを測る。姉たちが男性と付き合うようになった頃、フレッドは子どもの時分で母親の警告を耳にしていた。母親は姉たちが新しい彼とデートに向かうたびに注意を促し、靴下のなかに隠しておきなさいとお金を渡していた。両親があんなにも気前よくお金を出すところを見たことがなかった。一方、フレッドがデートする年頃になると、父親は「妊娠させるなよ」と言うだけだった。説教されることも、緊急時に備えた現金をもらうこともなく、仲間外れになった気分だった。男が逃げなきゃならない場合は、どうすればいい？

現金を持っていると、フレッドの心はいくらか落ち着いた。ビュイックに乗り込み、走り去ることを妄想すると、理不尽な歓びが脈打つのを感じた。沼地が悪臭を放つフロリダを去り、故郷のテネシーに戻って、父親が山麓《さんろく》に建てた家に住むなんてどうだろう。ヒルダも一緒に来て、助手席に座り、美しく豊かな髪を風になびかせているかもしれない。フレッドは思い浮かべた。自分の腕に触れながら、赤い唇で微笑む彼女を。これこそ、男の本望じゃないか？　美しい女性が、自分の傍で満ち足りた気分になっているなんて。

下着と靴下だけの姿で立っていた彼は、紙幣をしまうと、グロリアのサイドテーブルを調べた。空想に耽《ふけ》って疑心暗鬼になった時には、いつもこうしていた。しかし、何も見つからなかった——へそくりもなければ、逃走計画もない。入っていたのは、未開封のバージニア・スリムだけだ。妻のささやかな嫌がらせ。捨てたいのは山々だったが、捨てたところで何も変わらない。タバコなんて、いくらでも買えるのだから。フレッドは引き出しを閉めると、バスルームに行って下着と靴下を脱いだ。全裸で体重計に乗り、目を閉じる。目を開けて文字盤を見ると、体重は変わっていなかった。体のなかには、自ら犯した罪がぎっしりと埋まっているというのに。

それから数日のあいだ、フレッドは不穏な夢を見た。血のついたシーツを庭で干すグロリア。雲ひとつない空を背にして、自分の前に立つグロリア。グロリアがこの世を去り、彼女がいないという事実だけが、世界を覆《おお》ってゆく光景。ある夜、彼は突然目を覚まし、驚き戸惑いながら、隣で眠る彼女に触れようと手を伸ばした。横向きで寝る彼女の華奢《きやしや》な体はまっすぐに伸び、まるで刃物のようだ。彼女を引き寄せ、体を押しつける。彼女を自分の体のなかに押し込んで、もう一度ひとつになれたらいいのに。グロリアが体を押しつけ返すと、二人はごそごそと寝間着を脱いだ。裸になった彼女の骨がぶつかり、現実を思い知らされる。妻はこの醜さを、その体を誇りに思っているようだった。彼女が唇を重ねてくると、フレッドは病の味を舌に感じた。不快感が体を駆け巡ったが、彼はどういうわけか興奮を覚え、大きくなる愛と嫌悪感に圧倒されながら、彼女のなかに入った。妻の下で体を揺らしながら、彼女が痩《や》せこける前の肉体の記憶で指を満たした。「グローリー、グローリー、グローリー」と彼はうめいたが、過去は戻ってこなかった。そこにあるのは、骸骨のような今の妻だけだ。訳知り顔で、暗闇のなか彼を見下ろしながら、軽蔑するかのようにほくそ笑んでいる。

グロリアの弾んだ息が喘《あえ》ぐように荒くなると、彼女は夫から体を離し、激しく咳をしながらシーツの上に崩れ落ちた。ようやく咳が止まり、手の甲で口を拭《ぬぐ》いながら体を起こした妻に、フレッドは尋ねた。「血は?」彼女は答えずに、サイドテーブルのなかにあるタバコを手探りしていた。思わず彼の口元が歪んだ。「そんなに墓場に行きたいのか」

グロリアは音を立てたが、笑っているのか咳をしているのか、フレッドには分からなかった。彼女は彼に背を向けて、ゆっくりと服を着た。わずかな光のなかでも背骨が浮き出て見えたが、彼女がフレッドのいるベッド脇に歩いてきた時、その表情はぼんやりとしていた。フレッドはランプを点《つ》けて確かめたかった。彼のグローリーを。でも、彼女の瞳に搦《から》め捕られ、視線を逸らすことができない。

「あっちに近づくたび、はっきりと見えてくるの」と彼女は言うと、部屋を出て行った。月に向かって青い煙を吐くために。フレッドはその場に横たわったまま、夜通し起きていた。彼女はなぜ怖がっていないのか、彼女はまだ自分を愛しているのか、知りたいと思いながらも、怖くて尋ねることができなかった。

フレッドは毎週火曜日、閉店までアルバトロスに残るようになった。遅くまで居座ったのは、自分を認めてくれるヒルダと時を過ごし、彼女の肌から放たれるビールとバニラの香りに浸るためだ。彼女が生計を立てられるのは、自分のおかげなのだと思いたかった。彼女の人柄にも、自分の影響が表れていると思いたかった。ヒルダの気立ての良さは、自分の性格を投影しているのだと。

＊＊＊

四月半ばの金曜日、散髪から帰宅したフレッドが家の鍵を探していると、ドアの向こう側で電話が鳴った。二回。三回。顔をしかめながら鍵を差し込み、慌てて家に入ったが、自分の足につまずいて磨いたばかりの靴を汚し、彼は悪態をついた。家の奥ではグロリアの動く気配がする。なぜ電話に出ないのだろう？　五回目の呼び出し音で、彼は息を切らしながら電話に出た。

「ミスター・ムーア」。いつも歯切れのよいグロリアの担当医が、電話口でため息をついている。医師はほっとした様子だった。「あなたとお話ししたかったんです」。フレッドの胸の筋肉が、一気に締めつけられた。

「先生、どんなご用件でしょう？」

「奥様は今日、診察にいらっしゃいましたが、別の医師を探すと言われまして……ご存じのとおり、私は放射線治療をしないというご決断に強く反対しました」。彼は医師としての懸念や、ヒポクラテスの誓いに対する責任、自身の評判について話し続けた。グロリアの治療はごく限られた期間に過ぎない、と彼はフレッドに告げた。せいぜい数カ月だろう。「私に発言権がないことは分かっていますが、あなたなら彼女を説得できるのではないかと。ミスター・ムーア？」

「はい、聞いています」とフレッドは言うと、その視線を再び廊下から寝室へと移した。

「先生、すみません――かけ直してもいいでしょうか？」

フレッドは電話を切ると、受話器に手をかけたまま佇んでいた。こうして待っていたら、再び電話が鳴り、違った話が聞けるかもしれない。しかし電話は鳴らず、彼は重い足取りで寝室に行った。グロリアは、服をきっちりと畳み、スウェードのボストンバッグに入れていた。部屋の空気にそぐわない、楽しげなピンク色のバッグだ。

「ハワード先生だったでしょ？　あのヤブ、私のカルテに『ノンコンプライアント〔医師の指示に従わない〕』って書いてたの、知ってる？」彼女は数枚のドレスをバッグに入れた。どれもあまりに小さくて、まるで人形の服みたいだ。これが実在の女性だなんて、信じがたかった。「彼とはもうさよなら。私の味方になってくれる先生が必要だから」

「狂気の沙汰《さた》に味方する人なんていないぞ？」とフレッドは言った。グロリアが彼を罰する必要はなかった。罪びとは、いつだって自らを罰するのだから。彼は目尻に刺すような温もりを感じ、自分を泣かせる彼女を憎んだ。

「フレッド、最初の治療がどんなに辛かったか、あなたには分からない」。「俺だってそこにいたじゃないか！　すぐそばに――」

「それでも、あなたには、分からない」。グロリアは歩み寄って彼の手を握ったが、彼の指は動かなかった。「あんな風でいてほしい？　死んだように生きろって？」

ここにいてほしい。彼の望みはそれだけだった。それでも彼は、それを口に出そうとはしなかった。泣き崩れる自分の姿を見せて、彼女を喜ばせるわけにはいかなかった。彼はバッグを指さした。

「出ていくのか」。裏切られた気がした。何の兆候もなかった。探したというのに。どこに金を隠していたのか、妻に尋ねたかった。

「二、三日、ママと妹に会いに行くだけ」と彼女は言った。「動けるうちにね。私の面影がなくなる前に」。フライトは明日の午後だ。

フレッドは、バッグをベッドから叩き落としたいという思いに駆られた。服をまき散らし、服を燃やし、彼女をベッドの柱に縛《しば》りつけたかった。グロリアは気づいた。

「私にいてほしいなら、そう言ってよ」

フレッドは、かつてプロポーズした時のように、ひざまずく自分の姿を想像した。彼女に腕を回し、その腰に顔を預けることもできた。彼女の望みどおり、殺伐とした虚しいところへ行かないでくれ、と囁《ささや》くこともできた。しかし、彼のプライドと恐怖が、それを拒んだ。彼は咳ばらいして、彼女から一歩離れ、車で送ろうかと尋ねた。グロリアの感情は、髪の毛のない顔のうえにはっきりと浮かんでいた。

妻にじっと目を見つめられ、フレッドは気まずさに顔をそむけた。グロリアは、理容師が払い損ねていた数本の髪を夫の額から払い落とし、車で送るという申し出にありがとうと言った。彼女は荷造りを続けた。フレッドは立ったままで微笑んだ。「帰ってきたら、セントピーターズバーグまでドライブしよう。メキシコ湾で週末を過ごすなんて、どうだろう？」

「うん、いいね」とグロリアは答えたが、その言葉に喜びはなかった。

翌晩のアルバトロスはごった返していた。馴染みのない喧騒《けんそう》に、フレッドは微妙な気分になった。午後二時発の飛行機に乗るグロリアをジャクソンヴィル国際空港まで送った後、彼は当てもなく惨めな気分で街中をドライブし、バーの駐車場に行きついた。なぜここに来てしまったのだろう？　というかのように、太陽にもたれかかって佇む低く小さな建物を呆然と見つめていたが、すぐに痛感した。ほかに行き場がないのだと。彼はふがいない思いで、窓を閉めたまま車のなかで座っていた。午後四時、ヒルダがゆったりとした足取りで店に入っていくのが見えると、それからさらに三〇分、そのまま待機した。フレッドはそわそわとバーに向かった。ポケットに入れた指は、せわしなく太腿を叩いている。戸口で立ち止まり、引き返そうと思ったところで、ヒルダが彼に気づいた。「わあ、いらっしゃい！　土曜日に来てくれるなんて！」という彼女の言葉で、すぐに彼の心は落ち着いた。自分はここで求められている。彼女に求められている。フレッドは自信を取り戻した。ポケットから手を出して微笑むと、本来の自分になった気がした。「ジムビームのコーラ割り？」

「そのとおり」。ジャケットを脱ぐと、ヒルダがドリンクを持ってきた。最初の一時間ほどはいつもと同じ様子だった。しかし今、若やいだ騒がしい客の一団が肩を並べて座っている。みんながドリンクをオーダーしようと、バーに群がっていた。彼が二口飲むごとに、誰かがぶつかってきて、ドリンクがこぼれた。ジュークボックスからはトップ40が流れていた――

聞き覚えのない、媚びるような声が、人工のビートに乗って歌っている――バーのあちこちで客が踊っている。空いているスペースは、すべてダンスフロアになったかのようだった。「なんだか、いかがわしいクラブみたいだな」。ヒルダがようやく目の前に現れると、フレッドは顔をしかめた。ほぼ空になったグラスのなかで、氷は溶けて小さくなっていた。彼はこのヒルダが気に入らなかった。汗で肌が光り、大勢の若い客を精力的にもてなしている。忙しすぎて、フレッドの世話を焼く暇もない。

「土曜日ですからね」と彼女は説明し、ドリンクをもう一杯作ってくれたが、フレッドにはぞんざいに見えた。

フレッドの右隣にいた大柄な男が支払いを済ませて退席したが、ようやく空いたスペースを喜ぶ間もなく、別の身体がその空間を埋めた。苛立ったフレッドは、来た時よりも寂しさを感じながら、この一杯を飲んで帰ることにした。今後は火曜日だけにしようと彼は心に誓うと、ひとり微笑んだ。今夜のサービスの悪さをネタに、ヒルダを冗談めかして叱る自分の姿が頭に浮かんでいたのだ。彼女を少しだけ申し訳ない気分にさせて、埋め合わせをしたいと思わせてやろう。

右隣に陣取った男がフレッドの肩を叩いた。見たところ、成熟した男には程遠い。ようやくバーに入れるようになったくらいの年頃だろう。その男は襟足を刈り上げた髪の上に白いキャップを被り、襟にいくつか穴の開いたグリーンのスウェットシャツを着ていた。バーにいる若者の例に漏《も》れず、黒いディッキーズのパンツを腰穿きしている。「時間、分かります？」と青年は尋ねた。

フレッドはまず、シャツのポケットから櫛《くし》を取り出し、髪をかき上げた。それから袖をたくし上げ、腕時計に目をやった。人造皮革のストラップの上には、大きな数字のついた金色の文字盤。大抵の人はこれをロレックスだと思っていたが、彼が時間を知るために、そこまでの大枚を叩くことはなかった。

「九時一五分前」

「ありがとうございます」と青年は言うと、手を差し出した。「アントニオです。友達にはトニーって呼ばれてます」

「フレッドだ。はじめまして」。彼が力いっぱい手を握り締めると、トニーは表情を変えた。

「親父がいつも言っていました。男の誠実さは、握手で分かるって」

フレッドは得意になった。「親父さん、いいこと言うな」。「混んでますよね、ここ」とトニーは言い、まだ注文を取りに来ないヒルダに眉をひそめた。フレッドも彼女に目を向けた。バーの反対側にいた彼女は、油まみれのオニオンリングが入ったバスケットを渡され、揚げ物担当のコックと談笑している。彼女の手は、彼の腕に置かれたままだ。

「まったく、けしからんサービスだな」とフレッドは憎々しげに言った後で、青年に尋ねた。

「何にする？」

「どうしよう、ビールですかね。バドワイザーかな？」フレッドが笑うと、トニーは訊き返した。「え？　子どもじみてるって？」

「そうかもなあ。君は何の仕事をしてるんだい？」

トニーは機械工になるための専門学校に通っていた。有益な仕事だと思ったからだ。自分と同年代で、タイヤ交換のしかたを知っている者はほとんどいない、と彼は言った。フレッドが同意すると、トニーは尋ねた。「そちらは何のお仕事を？」

「自動車輸送トラックの運転手。この道、三五年だ」。引退していることは、わざわざ言わなかった。

トニーの眉毛がキャップの縁に消えた。「わあ、信じられない」

「どうして？」侮辱されるのだろうと、フレッドは身構えた。

「親父も同じ仕事をしてたんですよ。二階建てのトラックでしょ？」フレッドが頷くと、トニーはさらに続けた。「あれって、マジで誠実な仕事ですよね。スキルが必要な仕事だし」

青年から示された尊敬の念は、バーボンのようにフレッドの胸をあたためた。こいつはきちんと躾《しつ》けられたな、と彼は思った。自分にも息子がいれば、こんな青年になっていただろう。フレッドはもう少しだけ残ることにした。バーの騒音を突き抜けるほどの甲高い口笛でヒルダに合図を送ると、ヒルダは振り返って彼を見た。その口は綺麗に開いている。コックは逃げるように厨房《キッチン》へ戻った。最初から、さっさと引っ込むべきだったのだ。「友人にドリンクを。これをふたつ。俺の奢《おご》りで」と、フレッドはグラスを上げながら言った。ヒルダがジムビームのコーラ割りを持ってきた。何かに怒っているかのように、鼻に皺《しわ》を寄せている。

「ほかに何かお持ちしましょうか？」

フレッドは彼女に目をやらず、グラスの側面についた露を親指で拭くと、バーの縁に沿って指を這わせた。そして二〇ドル札を無造作に置き、自分に代わって金に語らせてやった。

二人とも、フライドオニオン、ミュンスター・チーズ、ガーリック・マヨネーズのバーガースペシャルを注文した。バーガーを食べ、酒を飲みながら、トニーはたくさんの質問をした。出身地は？　ああいう車はいくらで買った？　こういう時計は？　ああいう家は？　酔いが回るほど、フレッドの口は軽くなった。自分は正真正銘の叩き上げだ、とトニーに語った。貧しい家に生まれたのだと。「それでも今は、いい車と立派な服を持ってる。土地だってあるしな！」彼はグラスをカウンターに叩きつけ、ドリンクが跳ね飛んだ。「どいつもこいつも、地道に這い上がる努力ってもんを理解しちゃいない。いつだって手を差し出して、施しを求めてる。だが俺は違う！　自分の面倒は、自分で見る！」心配しているのか、苛立っているのか、面白がっているのか、数人の客が視線を走らせた。

トニーもフレッドを見つめていた。用心深く、目を光らせている。「奥さん、美人なんでしょうね」と彼が言うと、グロリアの死を考えたフレッドの胃は、不安で飛び出しそうになった。彼は両手で頭を抱えながら、美人だと答えた。ヒルダが布巾を持ってやって来た。横目で二人を見ながら、フレッドがこぼしたドリンクを拭いている。トニーがフレッドの耳元に近づいた。「あの娘《こ》より綺麗でしょ？」

フレッドは顔を上げて、ヒルダのことを考えた。同じ年頃の二人を比べたら、グロリアが圧勝するだろう。それでも、今夜を除けばヒルダはずっと良くしてくれた。ヒルダとは友達なのだ！　今でも女性の扱いは心得ていることを、トニーに見せつけたかった。まだ男の魅力があることを。ヒルダが立ち去ろうとした時、フレッドは彼女の手首を掴み、自分のほうに引き寄せた。

「そんなに急ぐなって」と、彼は呂律《ろれつ》の回らない舌で言いながら、彼女の目を見つめようとした。「ここに残って、俺の新しい友達に挨拶してくれよ」

ヒルダは笑って腕を抜こうとしたが、フレッドはその腕をきつく握った。ここでまた彼女は笑ったが、その声は機械的でこわばっていた。「フレッド、痛いからやめて」

「ちょっといてくれるだけでいいんだ」と彼は怒鳴った。どうしてみんな、俺のもとを去っていく？

「フレッド。離して」その言葉は、二人のあいだに重く叩きつけられた。フレッドは彼女の顔を観察し、それほど美人ではないと思った。若いというだけで、魅力的に見えたのだ。これくらいの女なら、数えきれないほどモノにしてきた。そう確信して優越感を覚えると、彼は邪悪なうすら笑いを浮かべながら、手を放してヒルダを解放した。隣の青年が見つめるなか、フレッドの耳はカッと熱くなった。慌ててバーの端に戻るヒルダを凝視する。そこでは、さっきの怪しげなコックが、カウンターを背にして待っていた。彼女が手首をさすりながら何か言うと、コックはその間抜けな顔で歯を食いしばり、こちらを見た。フレッドはすっかり水っぽくなったドリンクを飲み干し、ひとり呟《つぶや》いた。「ああ、若いの。かかって来いよ」。

彼はいきなり立ち上がり、上着を素早く羽織った。

「もう一杯くらい、いいじゃないですか」。トニーが空のグラスを勢いよくカウンターに置くと、フレッドは冷笑を返した。青年の罠にまんまとはまってしまった。こいつも人の施しを待つ、ただの雑魚だ。相手が誰であろうと、フレッドは人に認めてもらう必要などない。彼は青年に言った。「もう十分奢ってやっただろ？」

ふつふつと沸きあがる熱い怒りを胸に、フレッドは大股でバーを出た。駐車場は静かで暗い。薄闇のなかで見る建物は粗末で、自分が金を落とすに値しない場所に思えた。彼は路上に唾を吐くと、もう二度と来るものかと意を決した。ビュイックに辿《たど》り着き、酔いと恥辱感に堪《こら》えながら、暗がりで鍵を探していると、腕が首に絡みついた。鍵を落とした。何も考えられない。腕が曲がった。フレッドがもがき始めた時には、その腕はしっかりと彼の首を絞めつけていた。

「痛い、やめてくれ」と彼は喘ぎ、これが現実であることに驚いた。気管をさらにきつく絞めつけられ、空気を吸い込もうとしても、なかなか肺まで届かない。まるで詰まった排水溝に水を流すかのように、どんどん遅くなっていく。視界の端は灰色になったが、音はかえって鮮明に聞こえた——近くの草むらでコオロギが鳴く声、ハイウェイのホワイトノイズ。男の規則正しい息遣い。フレッドは腕を摑み、なんとか振り向くと、眉間に皺を寄せて険しい表情で必死に首を絞めるトニーの顔を垣間見た。しかしその直後、その顔も何もかもが、無意識という暗黒のなかに消えていった。

彼はひとり、アスファルトの上で目を覚ました。丸まった体の半分は、誰かの車の下に入っている。ビュイックが停まっていた場所には、ゴミくずと黒く広がったオイルの染みがあるだけ。頬の横には、開いたままの財布が落ちていた。フレッドは必死で立ち上がった。喉がずきずきと痛む。彼は財布をさっと拾い上げると、「ダメだ、それは困る」と呟きながら中身を確認した。そう口にすれば、この出来事を取り消すことができるかのように。免許証もクレジットカードもすべてあった。しかし、メインポケットに入っていた現金はなくなっていた。フレッドは目を閉じてから、隠しポケットを開いた。まだありますように、と彼は願ったが、もちろん盗られていた。隠していた現金（一〇〇〇ドル）、結婚指輪、ビュイックが消えた。トニーは時計を残していた。安物だと気づいていたのだ。恥辱感にまみれながら、フレッドは足を引きずってバーに戻った。

「警察を呼んでくれ！」と彼が叫ぶと、バーは静まり返り、全員が一斉に彼を見た。「強盗に遭ったんだ！」場は騒然となった。犯人《トニー》がまだそこにいるかのように、数人の男性が駐車場へと飛び出した。別の男性はバー・エリアの椅子《スツール》にフレッドを案内し、客はみな道を空けた。マニキュアを塗った長い爪にラインストーンを付けたビーハイヴ・ヘアの女性は、水の入ったグラスを差し出した。「まだ口をつけてませんから」と彼女は言った。ビールを樽から注いでいたヒルダは、蛇口を閉めてすぐにカウンターから出ると、厨房《キッチン》へと消えていった。

フレッドは椅子の上でうなだれ、顔をしかめながら首をマッサージした。バーの鏡を見ると、首にはもう痣《あざ》ができていた。赤くなった皮膚が、徐々に紫色になっている。ほかの客たちはおのずと同情の言葉を口にし、彼に代わって憤慨した。「酷《ひど》い話だな」と男たちは呟いていた。みんなポケットに手を入れ、財布を確認している。フレッドは上辺だけの慰めを受け入れ、手を置いたカウンターの滑らかな甲板を感じていた。トニーの力強い腕で押された喉ぼとけが痛む。指輪は恋人のように優しく外したのだろう。トニーは静かに自分を地面に横たえたのだろうか、それとも九五キロの巨体をぞんざいに放り投げたのだろうか。安いジャガイモの詰まった袋のように。

＊＊＊

警官は閉店直後にやって来た。二人とも青い目で短髪、筋肉質の白人だ。世界の時間はすべて自分たちのものであるかのように、悠然と店に入ってきた。フレッドは憤りを抑え、事情を説明した。ヒルダは五分間、カウンターの同じ箇所を拭きながら、聞き耳を立てていた。警官がメモを取る傍らで、ヒルダの上司も本格的な雰囲気を出そうと、黄色い法律用箋《リーガルパッド》に「事件」という見出しを付けて何やら書き留めていた。彼はないがしろにされた気分だった。憔悴《しょうすい》してもいた。だがそれと同時に、重要人物になったような気もしていた。「殺されてもおかしくありませんでした」と言った後で一呼吸置き、ヒルダからどんな反応を引き出せるかを確かめようとした。しかし、彼女の髪の毛がカーテンのように顔を覆い、表情は見えない。

警官は、残っていた数人の客とも話をした。犯人がどこに行ったか、目撃者はいないかと尋ねた。質問されたことに喜んで、ある男性は「いいえ」と答えた。「でも、彼が出ていくのは見ました。二人が喋っている様子から、友達なんだと思っていました」。「友達？」とフレッドは呆気に取られて目を見開き、低くしわがれた声で言った。

「人に親切にして、何がいけないんですか？」誰もが自分の意見を聞いてほしいがあまり、一斉に話し始めた。警官たちはフレッドをバーカウンターから遠ざけ、人のいない店の隅へと誘導すると、そこで質問をした。フレッドはヒルダのほうを向き、その顔をしっかりと見つめた。これまでに払ってきた金の恩返しをする機会は、今だと言わんばかりに。「待っててくれるだろ？」

ヒルダは背を向けて、レジのレシートを整理していた。「ええと、そうね、フレッド。もう少しはいられると思う」と言われたが、数分後には四角に折り畳んだエプロンを胸に抱え、バーカウンターからそっと抜け出す彼女の姿がフレッドの目に入った。あのコックの腕が、彼女の腰に回っている。慣れた手つきだ。彼女は一度も振り返らずに出て行った。フレッドは堪えきれなかった。生々しい小さな嗚咽《おえつ》が喉元から溢《あふ》れてくる。警官たちは目を逸らした。フレッドは彼らの質問に答え続けた――はい、いいえ、はい、分かりません――その舌は重く、鉛のようだ。何か分かったら連絡します、と警官は言った。「そうですね、車はすぐに見つかるでしょう。パーツを剝《は》ぎ取られて、空き地で燃やされているかもしれません」。警官の一人は明るすぎるほどの口調で話した。「でも、犯人逮捕は無理だと思います。こういう事件の捜査は、すぐに打ち切られるんです」。二人は報告書を仕上げると、家まで送りましょうとフレッドに言った。二人に促されてパトカーの後部座席に座ったフレッドは、自分こそが、ただの犯罪者にしか見えないと思った。

フレッドは、階段の近くに置かれている偽物の岩の下からスペアキーを取り出し、家に入った。家は深い沈黙に包まれていた。玄関のドアを開く音、彼の足音、どんな音を立てても、すべてがするりと静寂のなかに吸い込まれていく。まるで、彼の存在自体も無であるかのように。今ここで電話が鳴り、この恐ろしく、非難めいた、完璧な静けさを打ち破ってくれるというのなら、彼は何だってするつもりだった。もはや隠れることのできない、永遠で恐ろしい何かを暗示しているこの静けさを。良い知らせを持って、医者が電話してきてくれたらいいのに。警官でもいい。この際、トニーだって――彼は出来心で悪事に手を染めた、善良な青年なのかもしれない。電話帳でフレッドの名前を調べ、生きているか確かめるために、電話してくる可能性もある。あまりに強く願いすぎたために、フレッドの耳には着信音が聞こえた。電話機に駆け寄り、勢いよく受話器を取って耳に当てる。「グロリア!」と彼は喉が痛くなるほどに叫んだ。しかし、電話口から聞こえてきたのは発信音だけだった。

昨日グロリアの前で我慢した涙が、ボトルを振ったソーダのように噴き出してきた。慈悲深い数分間、彼は自分に泣く許可を与えてやった。息を切らして喘ぐほどに。涙が涸《か》れると、むせび泣きの音も、すぐに消えていった。フレッドはシャツの裾で鼻水を拭き、襟元につけていた金のスペードのピンを外し、片手に持ったまま服を脱いだ。オイルで汚れたジャケット、ブーツにパンツ。服を玄関の広間に山積みにしたまま、ピンを手のひらで転がしながら、彼は暗い家をうろつき、一部屋ずつ入っていった。裸であるという事実は、廊下を歩く彼にずっとついて回った。寝室に入ると、クローゼットが開いていた。グロリアのブラウス、グロリアのお気に入りの靴はそこにない。純度を増した暗闇が、内側から滲《にじ》み出ている。フレッドはクローゼットを閉めようと歩み寄り、鏡の前を横切ったが、自分の姿を見ようとはしなかった。

THE HEARTS OF OUR ENEMIES

敵の心臓

六週間前、フランキーはマーゴのお気に入りのジーンズの後ろポケットに、折り畳まれた小さな紙切れを見つけた。そのせいで今、タバコを片手に勇気を振り絞っている。火をつけて願う。タバコの煙が車のなかに充満して、自分をすっぽりと包み込んでくれますように。これからやろうとしていることを実行に移すためには、誰にも見られていないという実感が欲しい。スギのような香りが布製のシートに染み込み、体中につく。そのまま残る。タバコは吸わず、ただ燃やしているだけ。副流煙に浸っていると、心が落ち着く。夫（一応まだ夫だ）は、これを知ったら怒るだろう。そう考えるだけで、ニコチンにも匹敵する快感を覚える。

あまりに気持ちよくて、一本目が消えると、すぐ二本目に火をつける。

フランキーは、二軒建て《デュプレックス》が立ち並ぶ、花の名前のついた小綺麗な通りに目をやる。女性たちはベビーカーを押しながら、歩道を上っている。有名ブランドのワークアウトジャケットを着て、クロスフィット用シューズを履き、華奢《きゃしゃ》な手首と柔らかなベビーカーのハンドルに、犬のリードを巻きつけている。私道にベビーカーを停め、郵便物、食料品の入った茶色い紙袋、なだめ役を務めたチョコレートバーでべとべとになった子どもたち、夫のドライクリーニングを家に運び込む。無限の腕を持つ女たち。

フランキーの心の片隅は、すべてを平然とこなす彼女たちへの賞賛でうずく。今ここで地面に紙袋を落として――紫キャベツが坂道を転がり落ち、一ダースの卵が黄色い目玉を見開く――立ち去ることだってできるのに。リードが外れるに任せ、ベビーカーがキャベツの後を追って坂道を下っていくのを、眺めていることだってできるのに。

車内に座ったまま、フランキーはこれまで保ってきた自己像にすがろうとする。母親で、元喫煙者で、青系の色を愛し、たまの贅沢《ぜいたく》で新鮮なバターを楽しむ女性。しかし、自分でもまだ識別できない新たな暗い側面もあり、そこには悲しみや罪悪感、憤怒が折り重なっている。その側面を選り分けて理解しようとすると、分かっている部分も崩れてしまうから、ぐしゃぐしゃのまま放っておく。放っておいた感情のなかで、記憶が揺らめく。日の光がまだらに当たる自分の素肌。夫のものではない手。口に押し当てられた指。その指先と、塩からい味。

フランキーがぼんやりしていると、タバコの灰がシートに落ちる。親指を舐めて灰を拭《ぬぐ》うと、褐色《かっしょく》の布地に灰色の筋が残る。この車を買ってようやく一年。これからは、まだまだ残っている車のローンを一人で払っていかなければならない。彼女の視線は、再び外に向かう。古くならないものなんてないのよ、と女性たちに言ってあげたいけれど、そんなこと、みんなもう分かっているだろう。車も、服も、体も。子どもだってそう。今はころころ、にこにこして、まだ幸せそうだけれど。まだ母親を必要としているけれど。

六週間前、彼女はマーゴの部屋に忍び込んだ。娘と、泊まりに来ていた友人が留め金の音で目を覚まさないよう、ノブを右に大きく回してからドアを引き開けた。面という面が、何かに覆《おお》われていた――スカーフに、脱ぎ捨てられたジャケット。散らばった教科書。フランキーが少女だった頃には決して許されなかったような、摘みたてのクランベリーみたいにピカピカで真っ赤なリップステイン。

もちろん、小さなベッドに手足を大きく広げて眠るマーゴは美しかった――掛け布団は脚の間に絡まり、褐色の腕の片方はベッドの縁から垂れ、もう片方は友人のお腹の上にのっている。マリッサも長く、黒く、美しかった。黄色いシルクのナイトガウンに身を包んでいるが、今の娘《こ》もまだこんなのを着て寝るなんて、フランキーは知らなかった。マーゴの寝間着は、オーバーサイズのTシャツと父親のお古のブリーフだ。ずっと着ていたキャミソールとお揃《そろ》いのパジャマセットは、ナイトテーブルの引き出しの奥に押し込まれ、そっぽを向かれていた。いびきをかいている彼女の顔半分は枕に埋まっていて、開いた口は湿った環を作っていた。見えているほうの瞼《まぶた》は震えていて、目やにがついている。夜遅くまでお喋《しゃべ》りに花を咲かせていたのだろう。フランキーにもこんな頃があった。つけまつ毛のプラス面とマイナス面や、学校のフェイクな女子、カフェテリアのピザ一枚のカロリーは腹筋何回に相当するか、どの先生とどの先生がデキているか、寝る前に唱える男子の名前、いつか自分たちもセックスをして、それを楽しむのだろうか、なんてことを囁《ささや》き合っていたものだ。鏡の前で友達と体を比べあい、何が普通かを確認したりもした。手を痺《しび》れさせてから、まるで初めて見る果実に触れるように、自分の体をまさぐったことも。今の娘たちも同じことをしているのかな、とフランキーは思った。

カーテンを通して差し込む日光の下でマーゴを見つめていると、水のなかで息を止めているみたいな気分になった。胸がギュッと締めつけられ、小さなパニックが起こる。とはいえ、水に浮かんだ体が、どれほど軽くなるかに驚かされる気持ちのほうが大きい。足の裏も、鼻のなかも、体のあらゆる箇所が水に触れている感覚。深い水のなかを漂っていると、心臓の動きがはっきりと分かる。眠る娘を見ながら、フランキーはそんな風に思った。ちょっと怖くて、少し苦しくて、とても嬉しくて。娘をここまで賢く、ここまで気難しくしているすべての性質が集約され、脈動しているその額に、彼女は口づけたくなった。

でも、やめておいた。

眠っていても、マーゴは警告を発していた。触らないで。フランキーは入ってきた時と同じように、物音を立てずに部屋を出て、キッチンの椅子に座った。タバコが吸いたかったけれど、代わりに三杯目のコーヒーを飲んだ——ハチミツとシナモンで味つけした、アラビカ豆のダークロースト。それから、娘と友人のために作ろうとしているクレープのことを考えた。彼女が流暢《りゅうちょう》に話せる唯一の言語を駆使した、和解の贈りものだ。冷蔵庫のなかにはヘビークリームと、その日の朝にファーマーズ・マーケットで買ってきた、甘い匂いを放つ濃紅色のイチゴが入っている。カウンターに粉を敷き、グリドルをコンロにセットしたら、あとは娘たちが起きてくるのを待つだけだ。せわしなく働いて、この空間を家庭的な匂いで満たさなければ、有益な仕事で手を動かさずには、いてもたってもいられなかった。

二人はそれから一時間近くも起きてこなかった。そのあいだにコードレス電話が二度鳴り、フランキーは発信者を確かめると、一度目（母親）は出て、二度目（夫）は出なかった。メッセージランプは、追跡装置のように点滅していた。

正午になり、動きがあった。真剣に話し込んでいる少女たちに特有の、美しい旋律のような響きが、おぼろげに聞こえてきた。フランキーは壁に体を押しつけて、伝わってくる言葉の音を感じ、その振動の設定を知ろうとしたけれど、周波数が合わない。壁から体を引き離し、コンロのそばに来ると、ボウルのように丸くあたたかいお腹の上で両手を組み合わせた。数分後、二人は寝間着のまま現れた。マーゴはヘアラップを巻いたまま、マリッサの髪はとかされて輝いている。乾いた目やにを取る娘の姿も愛くるしい。フランキーは突然、この少女に圧倒されている自分に気づいた。かつては自分の体のなかにいた生物。もうすぐ一八歳になる娘はすっかり大きくなり、母の膝《ひざ》に座ることも、簡単にわだかまりを忘れることもできなくなっていた。自分がこんなに美しいものを作ったなんて。娘に嫌われる前の日々、「母」という名の神として崇《あが》められていた遠い過去を思い出そうとしながら、もう朝ではなかったけれど、彼女は二人に「おはよう!」と挨拶した。マーゴは顔をしかめてキッチンカウンターに向かうと、母親に背を向けたまま、パンを入れたケースのなかを物色した。

「クレープ、作るけど」と、フランキーはまた声をかけ、グリドルを指さした。なんだかゲームの司会者になった気分だ。娘が耐えがたい気持ちをグッと堪《こら》えて、優しさを一度だけ見せてくれさえすればもらえる商品の数々を、これ見よがしに紹介しているよう。母親が作ったものを、食べてくれさえすればいいのに。

マーゴはケースのなかからエブリシング・ベーグルを選んだ。「クレープはいらない」。フランキーをまだ見ようとすらしない。友人はドアの枠に寄りかかり、片方の腕を体に回して、政治家のように窓の外をじっと見つめていた。見るべきものはなし。平常運転。母娘の三カ月におよぶ冷戦なんて、どこにでもある普通のことでしょ? マーゴがベーグルをスライスすると、パンは皮膚のようにナイフに張りついた。彼女は半分をトースターに入れると、残りの半分を食べはじめ、塊《かたまり》をちぎってはだらしなく嚙《か》んだ。口についたパンくずも拭こうとはしなかった。

「モールまで送ってくれる?」とマーゴは尋ねた。「プロジェクトやんなきゃいけないの」。落ち着いた物言いだったが、フランキーは娘の睨《にら》むような視線に気づいた。その声も挑発的で、マーゴの顔全体は、パン切りナイフのようにギザギザに尖《とが》っていた。娘に非があるのならば、フランキーもこんな態度は許さなかっただろう。でもこれは、生意気盛りのティーンのふるまいではなく、フランキー自身の過ちの結果なのだ。マーゴもそれを知っていた。「ノー」と断りたい誘惑は甘く、断るべきだとも思ったが、フランキーは抗《あらが》った。借りがあるのは、自分のほうなのだから。

「もちろん！　着替えてらっしゃい。送ってあげるから。お金はいる？」

「大丈夫。先週パパにもらったから」。マーゴの父親、善良な男――または、かわいそうなチャールズ――ベーカリーの店内や、精肉店でタイムの詰まったソーセージを前にして、そう囁かれているのをフランキーは聞いていた。

「それなら良かった！」とフランキーは答え、その声は気持ち悪いくらいに明るかった。

ベーグルがトースターから飛び出すと、マーゴは手で摑《つか》み、焼けつく指先をものともせずマリッサに突き出した。あたふたと両手でベーグルを持ち替える彼女に、マーゴはそれを包めるようペーパータオルを渡した。二人は瞬く間にキッチンを出て、フランキーが立ち入れない場所へと戻っていった。入ってあっという間にいなくなってしまうんだ、と彼女は啞然《あぜん》とした。目の前で扉を閉ざされることや、さよならを言うこと、さよならを言わずに後悔することに、すっかり慣れてしまうことにも。ひとり家に戻ってグリドルをしまい、換気扇に再び静寂が訪れると、フランキーはすぐさまマーゴの服の洗濯にとりかかった。マーゴはいつも帰宅すると、乱れたままのベッドの上に畳まれた洗濯物のもとに行き、あたたかいTシャツに顔を埋めて、柔軟剤シートの匂いを吸い込んでいた。人工的なライラックの香り。小さくて、やんちゃで、無責任でいられた頃の香り。フランキーは、そんな娘の姿を思い描くのが好きで、そのために洗濯を続けていた。

彼女は脱ぎ散らかされた服をすべてバスケットに入れ、ジーンズを手に取った。新品なのに破れ、色褪《あ》せ、裂け目もあったから、買ってやりたくなかった一本だ。彼女は惰性でポケットに手を突っ込み、入れっぱなしのガムやペン、皺《しわ》くちゃの一ドル札を探した。すると、四角い紙が出てきた。開いては折って、を何度も繰り返したせいで、折り目が擦り切れている。フランキーはその紙を手のひらに載せ、手を大きく伸ばした。その紙に飛び立つチャンスを与えるかのように。それから、紙を開いた。

二つの筆跡があった。ひとつは娘の煌《きら》びやかな文字。多くの人たちが三年生ぐらいで書き始める、ブロック体と筆記体が入り混じった書体だ。二人目の筆圧は強かった。囲いから解き放たれた雄牛のような、前のめりの文字。三行のメモのうち、ひとつだけ、質問の箇所が娘の文字だった。ほとんどがフランス語で書かれており、フランキーには理解できない分、当たり障りのないものに思えた。彼女の知っているフランス語は、料理学校で学んだ言葉だけだ。ルー、ミザンプラス。束の間ではあったが、次なるスター・シェフになり、自分のレストランを持ってミシュランのお墨つきをもらうという夢を持っていた。でもその夢は、マーゴが生まれ、より家庭的な妻を求める夫の要望に敗れ去った。フランキーは目を細めて文字を見た。神殿。灯り。愛？　何でもないと結論づけることもできた。そうしかけたけれど、英語の単語のあいだに意図的なピリオドがあるのが、どうしても気になった。いつ。だって。必ず。

彼女は洗濯物を置いて、夫の書斎にメモを持って行った。夫はことさらに言っていた。家を出なければならないことで、どれほどの不便が生じるか。僕の仕事はとても重要なのに。コンピューターにきちんとアクセスできなければ、生産性が犠牲になるだろう。生活費を払っているのはこっちなのに。君はこれで満足か？　フランキーに買い替えるお金さえあれば、こんなもののハンマーで叩き壊していただろう。その代わり、彼女はコンピューターを起動し、小鳥のさえずりのような音とともに、ゆっくりと手順を踏むダイヤルアップ接続を待ちながら、白いナプキンを置いたテーブルを心に描いた。花瓶に挿された淡い色あいの牡丹《ぼたん》、深皿に入った滑らかなロブスタービスク、強火で表面を焦がしてミントゼリーを添えたラム肉、あめ色になるまでじっくり炒めた一口大のパール・オニオン。ネットスケープに接続するのに八分、言葉の意味を把握するのにさらに一〇分かかった。

君の体という神殿で、僕は礼拝しよう。

灯りをつけたままでも？

いつ。だって。必ず。

数分後、フランキーは立ち上がってマーゴの部屋に戻り、ボロボロのメモをズタズタのポケットに戻した。汚れた服の入ったバスケットにジーンズを加え、洗濯機のスイッチを入れ、すべて洗った。

マーゴとマリッサは噴水の縁に腰を下ろした。二人は学校でM&Mと呼ばれていたが、文句も言わずにそれを受け入れていた。どちらも認めようとはしなかったが、こんなバカげたあだ名であれ、しょっちゅうお互いに間違われる根拠を得られたことに、少しだけほっとしていたのだ。マリッサが見張りをするなか、マーゴは片手で体を支えて後ろにもたれかかりながら、空いたもう片方の手をときどき汚れた冷水に浸した。ゆっくりとさざ波が立ち、銀、銅、苔の色をまとった硬貨がきらめく。人の波が途切れるたびに、マーゴは手を底に沈め、カビでぬめったタイルに指を擦りつけ、硬貨を一握りすくいあげると、二五セント硬貨だけをもらった。硬貨を釣りながら、二人はお喋りをしていた。

ドリューとはもう仲直りした？／もう終わり。はい、次〜って感じ。

マーゴは実際、次なる恋へと気持ちを切り替えていた。相手が自分に惹《ひ》かれていると分かると、それだけでその気になってしまう。彼女はそれを早くから自覚していて、ドリューがそれに気づいた時、マーゴは初めて男性に体を許した。その年のはじめ、付き合って一カ月という節目を迎えた後だった。でも、感傷に浸ってはいない。こんなこと、よくある話。六歳の頃から男性に見つめられてきたのだ。性的な視線ならすぐに分かった。いつでも次の相手はいた。時には、さらに良い相手が。

二人は腕を組み、ポケットを小銭でジャラジャラさせながら、ブラブラと歩いてアイスクリーム屋まで行くと、大きなワッフルコーンをふたつ買った。ひとつはブルーベリー・チーズケーキ、もうひとつはストロベリーのアイスクリーム。店番をしていたのは、生気のない目をした不愛想な少年で、硬貨が濡れていることにも、塩素の匂いがすることにも頓着しなかった。彼は最低賃金で働いていたし、友達やデートしてくれそうな女の子に無料でアイスクリームをあげていた。噴水で拾ったお金を商品やサービスと交換する客だって、二人のほかにもいた。マリッサは証拠を隠滅しようと、大慌てで後ろめたそうにアイスクリームを食べたが、マーゴはスプーンを使い、アイスクリームを舌の上で溶かしながら、じっくりと味わった。

子どもの頃のように、父親がベッドに身を乗り出してお別れのキスをしたあの日。父親が出て行ったあの日以来、マーゴはもう決して悪びれたり、哀《あわ》れんだりするものかと誓った。マーゴがあの日の光景を説明した時、マリッサは尋ねていた。お父さん、戻ってくるの？たぶんね。二人が離婚するとは思えなかった。父親はそういうタイプじゃない。これ見よがしに罰を与えるタイプなのだ。父親がフランキーを罰しているのは、裏切りそのものというよりも、妻が裏切ることに想像が至らなかった自身のふがいなさのせいなのだろう、とマーゴは思った。戻ってこなきゃいいのに、と彼女は答えていた。そしてあの時は、本気でそう思っていた。彼女もフランキーを罰していたけれど、母親が思っているような理由からではなかった。近所の噂話なんてどうでもよかった。おばさんたちのあいだでは、「不貞」という言葉が外国通貨であるかのように交わされていた。自分の夫だって、新婚早々に浮気していたかもしれないくせに。自分だって、夫以外の人にときめいたこともあっただろうに、しきりに集まって、みんなでフランキーに刺すような視線を送っていた。辱《はずかし》められる他人の観察は、究極の娯楽なのだ。あんなでっぷりしたお腹で、夫に愛想を尽かされないどころか、二番目の男まで捕まえるなんて、一体どういうことだろう、なんて井戸端会議しながら訝《いぶか》っていた。「あの娘も不憫《ふびん》だねえ」と、マーゴに聞こえるくらいの声でも囁いていた。「壊れた家庭で暮らしているなんて」。そう言われても、マーゴは気にしていなかった。

マーゴが怒っていたのは、母親が怖気《おじけ》づいて、その男と寝なかったからだ。寝てもいないのに、わざわざ夫に話したことにも腹が立っていた。黙っていれば、誰も知らずにすんだのに。こうして母親は、辱めを受け入れた。悪戯《いたずら》をしたペットみたいに、したり顔をした隣人の意地悪な視線に目を伏せていた。今ではやたらとマーゴの後を追いかけるようになり、足元にひざまずいて床すら舐めんばかりの媚びの売りようだ。誓いは立てたものの、フランキーに哀れを感じずにいるのは至難の業だった。それでも、だんだんできるようになってきた。結局のところ、母親が自分で蒔《ま》いた種なのだから。

マーゴは思い出した。いつものごとく物思いに沈んだフランキーが、イカ墨のパスタを作った時のこと。店を五軒も回って材料を揃え、何時間もキッチンに籠っていた。母親の髪は湯気で縮れ、べたついた鍋やフライパンはシンクに積み上がっていた。夕食の席につくと、父親は黙って皿を受け取り、軽いジョークで通じるだろうと高を括ってこう言った。「サラダのほうが、楽だったんじゃないか?」フランキーは返答せず、パスタを半分残した。マーゴは嫌気がさした。父親にも、言われるがままの母親にも。ときどき父親に同意してしまう自分自身にも。

この騒動でマーゴがいちばん憤慨していたのは、母親が何かを欲しいと思いながらもそれを手にせず、同じ結果を招いたことだった。

いつか自分にもこんなことが起こる？　付き合った男のせいで、自分はちっぽけな存在だと萎縮してしまうようなことが？　マーゴはマリッサにそう問いかけた。でもマリッサは、フランキーの話題には口を閉ざしたままだった。お互いの母親については、決して口を出さず、聞き役に回る。二人はこの掟《おきて》を徹底し、そのおかげで高校を卒業した後も、ずっと親友として付き合い続けることとなる。マーゴがアイスクリームを食べ終えると、マリッサは思いやりを込めて言った。「さあ、元気だしていこう」

二人は店を見て回った。買うつもりのない服を試着し、これを着たらどれほど素敵になれるだろうと、崇めるように安手の生地を触った。マーゴは試着室の隅に服を山積みにした。どれもハンガーから外したまま、裏返しのままだ。明るく照らされた試着室では、すべての衣類は下着の上からご試着ください、と書かれたプラスチックの看板を無視し、彼女はレオパードプリントを施したティールブルーのTバックを穿いた。ミスコン出場者のような笑顔を浮かべ、大股で二歩分しかない狭い空間を下着だけで闊歩《かつぽ》した。目がくらくらするまでその場でくるくると回り、かぎ針編みのホルタートップ、デニムのカットオフショーツ、しぼんだ白い花のようなヒッピースカートのなかにドスンと倒れ込んだ。何も知らないと同時に、すべてを知っている。彼女はそんな特別な年頃だった。どこを見ても、誰を見ても、油膜のように煌めく自分自身の姿が反射していた。まだ、何者にでもなれる年齢だった。

マーゴは自分の一部が残るよう、股間に強く布地を押しつけると、Tバックを脱いで服を着た。試着室を出ると、トラにキリン、ダイヤガラガラヘビなど、ほかのアニマルプリントが入ったプラスチック容器にTバックを投げ返した。彼女はスリンキーのようなブレスレットと、小さな透明のチューブに入った一ドルのリップグロスを買った。つけると濡れたピンクになるカップケーキという色だ。フードコートでは、お腹いっぱいになるまで食べ物を詰め込んだ。母親と二人きりの夕食の席で、皿の上の料理を食べずにつつき回せるように。

マーゴはフランキーに電話をかけ、迎えに来てほしいと頼んだ。マリッサはおしっこをしてタンポンを替えたいと、トイレに向かった。そのあいだ、マーゴは公衆電話の列にもたれかかり、両手を深くポケットに突っ込んだ。無関心を装い、クールな態度が魅力的に見えるよう努める。ひとりきりでいる時の少女は無防備な存在だと、彼女は知っていた。盗んだ二五セントが指に触れた。残りは二枚。あと一回、電話をかけられるだろう。

彼女はコインをスロットに挿入し、電話番号をダイヤルした。何もすることなくベッドに寝ころんでいた土曜の夜、電話帳で調べて暗記していた番号だ。三回目の呼び出し音で、妻が電話に出た。その声は、斜めに差し込む光のようだった。埃《ほこり》がキラキラ輝いて、それゆえに美しく見える光。「もしもし?」と妻は言ったが、マーゴはいつものように無言のまま受話器をきつく耳に当て、妻の息遣いを感じ取りながら、彼女の青白い前歯を思い描いた。もちろん電話を切られるけれど、そこに至るまでの一秒一秒の静寂は、ほとんど宗教的な経験とも言えるもので、マーゴは自分が存在することを確認できた。そして電話を切った後は、彼女のなかで悲痛な声をあげていた柔らかな部分は、落ち着きを取り戻した。

＊＊＊

春の熱気が膨れ上がって揺らめくと、レモネード、松の樹液、早くも顔を出したブヨの大群など、粘々とベタつくさまざまな同類たちを呼び出した。雌蜘蛛《めすぐも》は茂みのなかで大きく足を広げ、獲物――あるいは、交尾ができて獲物にもなりそうな相手――を待ち構えていた。母娘は同じ家に住みながらお互いを避けあい、フランキーはいつのまにかマーゴの電話を盗み聞きするようになっていた。卒業アルバム委員会のあの娘は「リトル・ビッチ」。いちばん最近の彼氏は、最新の元カレ。上級英語クラスの先生は、三銃士の名前をつけたカタツムリを飼っている。もっと胸が大きくて、太腿《ふともも》が細ければいいのに。もうすぐ家に帰ると、父親が約束している。情報は、ゆっくりと確実に明かされていった。しかし、フランキーが知りたいと思っていたことではなかった。

フランキーがあのメモを見つけてから数週間。マーゴを見ないふりして見つめている時、料理をして夫からの電話を無視している時、ひとりベッドに横になり、シーツの上で体を火照《ほて》らせ汗ばんでいる時。ずっとあのメモは、彼女の意識に入り込んでいた。あれは娘が人からもらった最もロマンティックな言葉なのだろうか？　娘は本気にしたのだろうか？　その少年に、崇拝させてあげたのだろうか？　数日後、根負けしたフランキーがとうとう夫の電話に出ると、自分の書いた脚本どおりに事が進まないことに慣れていない夫は泣いていた。もしくは、泣く演技をしていた。「戻ってきてくださいってお願いするのは君のほうだろ。裏切ったのはそっちなんだから」と彼は言った。確かにそのとおりだ。でも、フランキーは自分を失ったことで、今まで考えていなかったことを考えるようになっていた――あの信頼はどこに流れ去ってしまったのだろう？　なぜ人間は、信頼というものを何の疑いもなく受け入れるのだろう？　国や神や資本主義の信条に従いながら、なぜ誰も言葉の先を見ようとしないのだろう？　時にあの男がフランキーの脳裏をよぎった。自分をあんな気持ちにさせてくれたという点だけで、彼は重要な存在となった。年下の男。フランキーよりも小柄だったが、ふくよかな彼女の体の取り扱いを心得ていた。それどころか、そこが好きだと告白してくれた。彼と寝たことはなかったが、その気になれば寝られると分かっているだけでも十分だった。巣で手足を広げる蜘蛛のように、ホテルのベッドカバーの上で体を大きく開いたフランキーを、彼はその視線で舐め回し、雌蜘蛛《フランキー》に食べられる危険を顧みもせず、八つの目を存分に喜ばせた。

言葉よりも大切なことがあるのよ、とフランキーは娘に忠告したかった。でもその代わり、好奇心を抑えきれずに尋ねた。「フランス語の調子はどう？」上の空だったマーゴは、その意識を体のなか――あの神殿――に戻し、目をしばたたかせた。その仕草から、フランキーは娘の喜びを感知した。マーゴは喜んでいた。母親がドアの外で盗み聞きしているのを知りながら、内側に入れてやらないことに満足感を味わっていた。「フランス語なんて取ってないけど」。彼女はそう答えると、母娘のあいだに堅固な壁を築いた。

卒業アルバム制作のために、マーゴは母親の迎えを頼んだ。平日の週三回、学年の終わりが近づいたら、隔週の土曜日も。マーゴと九人の三年生は英語の教室の机を並べ替えると、特集記事や「いちばん○○しそうな」生徒の選考、怪しまれることなく自分のグループをできるだけ多くのページに紛れ込ませる方法について、ブレインストーミングをした。普段のマーゴなら、こうした活動を見下していただろう。組織運営やチームワークなんて、ひどく面倒なだけ。でも、ミスター・クラインの指導のもと、彼女は見事に役目をこなした――率先してレイアウトを改善し、マンネリ化したアイディアや陳腐なキャッチフレーズを却下し、進行管理を仕切っていた。ほかの生徒たちを自分の意志に従わせるのは気持ちが良かったし、これまで興味のなかったことを好きになれたことにも満足していた。それに、ミスター・クラインが喜んでくれていることが嬉しかった。

彼は三〇代後半だろうか。枯れるまでにはまだまだ時間がある。角ばった顔はブロンドの無精髭で覆われ、巻き毛をきっちりと分けた学者風の髪型と対照をなしていた。ときどきダークブルーのダブルベストを着て教壇に立つ彼を見て、男子生徒たちがゲイっぽいと言っているのをマーゴは耳にしていた。でも、ミスター・クラインはロマンティックで、小説を書きながらパリを夢見る作家だ。パリは真剣に文学に打ち込む者が必ず行くべき場所だ、とマーゴにも話していた。マーゴは早くから、彼の目つきに気づいていた。自分さえ望めば、手に入ることも分かっていた。彼女は視線を返しはじめた。

彼の娘は一年生で、卒業アルバムのミーティングにときおり姿を見せていた。車で一緒に帰るために、父親を待っていたのだ。ずっとわざとらしくため息をついて、父親に話しかけられそうになると、ナノ・ベイビーで夢中に遊んでいるふりをしていた。マーゴは可能な限り、彼女の観察にいそしんだ。その顔立ちからミスター・クラインの造作を取り除いて、妻の容貌を想像できるように。ミスター・クラインが望まないことは分かっていたけれど、娘に好かれたかったし、友達になりたかった。授業の合間に、マーゴは彼女のロッカーの近くをうろつき、話しかけようとすることもあった。そしてある日、彼女が友人に母親のことを愚痴《ぐち》っているところに居合わせた。

「今年のプロム、あたしにはまだ早いとか言ってんの、信じられる？」

「あの人たち、それしか言わないよね！」と友人も同意していた。

ミスター・クラインの娘は、ロッカーの扉を乱暴に閉めた。「マジ最悪なんだけど。一年の時、自分がイケてないせいでプロムに誘われなかったからって、あたしの楽しみもぶち壊そうとしてんの」

マーゴは彼女に対して優しい気持ちになった。自分もついこの前までは、同じように無力な年頃だった。そしてこう思った。今がチャンスかもしれない。同情して、下級生の彼女に希望を与えてあげよう。マーゴは近づいて咳ばらいをすると、二人の少女は眉をひそめながら振り向いた。「そのうち絶対楽になるから！」と、マーゴはいつもより低い声で言った。

大人びているけれど親しみも感じられるような声を出したつもりだ。「ほら、お母さんって――」。でも、ミスター・クラインの娘からあからさまに軽蔑の眼差《まなざ》しを向けられ、気の利いたことを言えなくなってしまった。「ってか、誰?」と彼女は言い、友達と笑い合った。それ以来、マーゴは娘を見かけても、無視を決め込んだ。人は自ら助くる者しか助けられず、とマリッサには物知り顔で言った。もちろん、ミスター・クラインがマーゴの前でわざわざ娘を話題にすることはなかったが、娘の名前が出るたびに、マーゴは頭のなかで「アホガキ」と付け足した。

あと一回を残して卒業アルバムのミーティングが終わると、ミスター・クラインは生徒たちについて校舎を出て、迎えに来た親たちが待つ場所へと向かった。アルバム委員の大半は女子で、アルバムの進捗やプロム、ディズニー・ワールドへの卒業旅行に胸を躍らせ、学校のことだけを考えて、ノンストップでお喋りしていた。彼は両手をポケットに入れてブラブラと歩き、マーゴにもゆっくり歩くよう促した。話す時にはまるで雲と会話するかのように少し上を向き、彼女から離れて声を出した。「うちに電話してきてるの、君じゃないよな?」

マーゴは彼を睨みつけた。ここ最近は、フランキーだけに向けてきた視線だ。「違うに決まってるでしょう」と彼女は答えた。恥ずかしさと怒りがこみ上げてきた。「私のこと、子どもだと思ってます?」一瞬、沈黙が流れた。「電話なんてしません」

「そうか」と彼は言って微笑んだ。自分の考えをさもマーゴが考えついたかのように思わせることができたと思った時に、父親が浮かべる笑顔に似ていた。「気をつけないといけないな」。彼はマーゴのヒップのカーブを軽く手でなぞり——どうして私だけが気をつけなくちゃいけないの？——それからその手を叩いて、生徒たちに声をかけた。「みんな、今日はよくやった！　ディナーパーティで、その頑張りに乾杯しよう」

路肩に車を停めていたフランキーは、娘が自分に向かってふらふらと歩いてくるのを眺めていた。ほっそりとした体を強張らせている。憤ったその態度、いつものことだ。一緒に歩いてきた教師が、手を挙げて挨拶した。

「そちらはミセス——」

「フランキーでお願いします。はじめまして」

「こちらこそ、お会いできて光栄です。娘さん、将来が楽しみですよ。とても優秀ですから」。彼はまた手を叩き——緊張すると手を叩くようだ——一歩下がった。「お疲れ、クロシェット！　土曜の三時からはディナーの準備だから、よろしくな」。彼はそう言うと、フランキーに微笑みかけ、勢いよく立ち去った。

マーゴはバッグを後部座席に放り込んだ。「私だって暇じゃないのにさ」とぼやきながら、マーゴは助手席に座ってシートベルトを締めたが、フランキーは教師の口から滑るようにさらりと出てきた言葉に引っかかっていた。ディナーパーティのことなら知っていた。一週間前、マーゴにこう頼まれていたから。一皿作ってほしい——「何かフランス料理を」

「クロシェット？」とフランキーが尋ねると、マーゴは気もそぞろで、皮肉を込めた返事ができなかった。

「小さな鈴《ベル》って意味。あの先生、アルバム委員のみんなにあだ名をつけてんの。チームワークのためなんだって」。マーゴはうんざりと呆れた顔をした。その仕草の毒々しさを見て――フランキーは、マーゴと教師のあいだの引力に気づいていた――彼女のなかで、何か恐ろしいものが動きはじめた。

「みんながそんな……あだ名なの？」こんなこと、どうやって訊いたらいいか分からなかった。こんな質問、しないに越したことはないのだから。この人消えてくれないかな、と言うかのように、マーゴは母親を見た。「ママ、みんなが同じあだ名だったら、何の意味もないじゃん」。彼女は窓の外に目をやり、学校のほう、彼のほうを見た。「違うよ。そのあだ名は私だけ」

フランス料理に、フランス語。あのメモ。フランキーの知りたかったすべてが、驚くほどぴたりと符合した。と同時に、鮮やかに光る怒りが湧いてきた。無力感も。フランキーには、娘が消えてゆくのが見えた。自分には証明できないものに、飲み込まれてゆく娘の姿が。

正義感とタバコの煙に満たされたフランキーは今、車を降りて、午前半ばの日差しのなかを教師の家に向かって歩く。玄関の扉は、気が滅入るようなブルー。青が好きなフランキーすら好きになれない色味だ。この瞬間、彼女は時間の生きものにすぎない。意識は体の動きだけにとらわれ、ただその扉を叩くことしか考えていない。

扉が開き、フランキーは視線の位置を下げる。そこにいるのは垢《あか》ぬけた妻ではない。教師の娘が、琥珀《こはく》色の瞳でいぶかし気にこちらを見つめている。せいぜい一四歳といったところだろう。その髪は黒く艶《つや》やかで、ワインのように滑らかだ。「何のご用でしょう?」とは言いながら、何の用もなければいいのにと、その態度が物語っている。

フランキーは不意を突かれた。「お母さんの友達です」。ふと口から出ていた答えに、娘は納得していない。少女は口ごもり、目を細める。その瞳の奥で、狡猾《こうかつ》な何かが光っている。フランキーにも見覚えのある、ちょっぴり残酷な何かが。「今いませんけど」と彼女は言う。「お名前は?」娘の威圧的な雰囲気に驚いて、フランキーは正直に答えてしまう。

「フランチェスカ」

少女は扉の陰から出てくる。「ねえ……誰だか分かったんだけど」と彼女は言い、既に自分が分からなくなっていたフランキーは、誰かがそれを教えてくれることに安堵する。「あの娘のママね」と言って少女は唇をゆがめ、「あのオタククラブの。先生のお気に」と、首をかしげながらフランキーを頭から足先までじろじろと見まわす。「何の用?」

自分が何を望んでいるのか、フランキーには分かっていた。大きな危険を冒さない限り、それが手に入らないことも。彼女は自分の娘を守りたかった。自分をとことん拒絶する娘――自分を憎む娘を。もうすぐ一八になり、巣立ってしまう娘を。教師には死んでほしかった。妻と娘、街中の人々――あらゆる人に、彼がしたことを知らせてやりたかった。それから、自分の夫に電話をかけて伝えたかった。ついに言ってやるのだ。自分の過ちは浮気ではなく、もう夫を愛していないと認められなかったことだと。

「あっ」と少女は声を出す。フランキーが黙っているあいだに、彼女は自分なりの結論に達し、その顔に確信を滲《にじ》ませている。「うちに電話かけてきてるの、あなたでしょ」

「え？」

「しらばっくれないで」と少女は言い、フランキーはこの娘が何を確信しているかに気づく――この女性は父親の浮気相手。名前だって、フランスかぶれだし。母親は父親と買い物に出かけて、ディナーパーティの準備を手伝っている――本物の磁器に、スパークリングサイダー――二人とも、もうすぐ戻ってくるはず。「なか、入ります？」少女は一歩下がり、フランキーは一瞬ためらったものの、家に入る。

エアコンのきいた薄暗い居間《リビング》で、少女は有頂天になって自分の推測をまくしたてる。隅に置かれた水槽でゆらめく光が、その顔の上で交錯している。細部にまでこだわって装飾された小さな部屋――漆黒に塗られた棚、本、真鍮《しんちゅう》の小物――教師の自慢なのだろう、とフランキーは思う。

「ママにバラしに来たの？」と娘は尋ね、フランキーは彼女が心のどこかでそれを求めていることを察する。母親というものは、娘に対して犯した罪の報いを受けなければならない、と少女は思い込んでいるのだ。

「そうして欲しい？」

少女は腕を掻《か》く。目を逸らす。「知っといたほうがいいでしょ」と言い訳がましく答える。

「私にかまけてなければ、もう気づいてただろうし」。フランキーは考える。この娘は本気なのだろうか。娘が母親に対して抱く、普遍的ともいえる嫌悪感は、のちに母親をありがたく思うために必要なものなのだろうか。母親を愛するためには、まず嫌わなければならないのだろうか。この娘を理解できれば、自分の娘を解読できるだろうか。

フランキーはじりじりと近づいてゆく――この娘は、青リンゴと雨と、ちょっぴり酸っぱい匂いがする。この手を少女の肩に置き、指を腕に這《は》わせ、その匂いを発する窪みへとなぞらせるなんて、容易《たやす》いことだろう。これで痛み分け。聖書式の報復。娘には娘を。少女を仰向けに寝かせたら、そのまま指を這わせ、股間のぬくもりを探しあてるのだ。フランキーは手を伸ばす。

電話が鳴ってこの瞬間に邪魔が入ると、少女の表情がまた変わる。今度は警戒した、バツの悪そうな顔。腹立ちまぎれにやりすぎた、と気づいたかのようだ。待ってて、とフランキーに言うと、少女は隣の部屋へと消えてゆく。

少女がいなくなると、フランキーはたじろいで、水槽の端を摑む。細かな光が影を刻み、彼女の顔を歪《ゆが》めている。水槽のなかを覗《のぞ》き込む。最初はぼんやりと。なんだか自分が怪物《モンスター》に思えてくる。とはいえ、どんな選択肢があるというのだろう？　教師と直接対決すれば負ける。対決しなくても負ける。でも、フランキーはあの男とは違う。最低最悪のことはできない。これに気づいて、彼女は自分を取り戻す。得意なことを思い出す。落とし前をつけるのも、時に母親の務めなのだということも。水槽のなかのカタツムリは穏やかで、プラムのように小さい。冷静になった彼女の怒りは予言に満ち、フランキーは次に何をすべきかを悟る。

マーゴは外で母を待ちながら、夕暮れを眺めている。鮮やかなオレンジとピンクが広がり、パープルのショールが空の端に忍び寄っている。お腹は空いていないのに、なんだか満たされない。これが精神的な成長の証《あかし》なのだと彼女が気づくのは、まだまだ先のことだ。良い兆しだけれど、別のことと勘違いしやすい。予定どおり、母親は三時にマーゴを学校まで送り、あたたかい料理を二皿持たせてくれた。マーゴは仲間たちと飾りつけを手伝い、風船を吊るし、紙の花を折ってテーブルの中央に飾った。テーブルクロスやカトラリーを運び込み、妻とすれ違いざまに体を寄せて、耳の先にキスするミスター・クラインの姿が目に入った。先生の妻は――やっぱり魅力的だった――手で夫を追い払いながらも、顔をほころばせていた。マーゴは、嫉妬《しっと》ではなく悲しみしか感じない自分に気づいた。一時的な相手という立場を、既に受け入れてしまっていたのだ。

夕食のあいだ、ミスター・クラインはマーゴに料理を回す時、皿から手をしばらく離さずにいた。三回目で、マーゴはまるで火傷《やけど》でもしたかのように思い切り手を引っ込めたので、青いボウルは転げ落ち、地面で粉々に割れた。彼はあまりに陽気な調子で「大丈夫」を繰り返し、そそくさと立ち上がってタオルを取りに行った。ほかの生徒たちは慌ててローストベジタブルを床から拾い上げたけれど、マーゴは手伝いもしなければ、謝りもしなかった。その後、ミスター・クラインはやたらと冗談を言い、冗舌になった。マーゴに触れることはなかった。

母親の車が停まり、マーゴがまず彼女に気づく。車のなかにいるフランキーを観察してみる。ハンドルを軽く叩きながら、バックミラーを調節して、自分の顔を覗き込んでいる。ここから見る母親は、若々しい――同世代の女子にすら見える。今の自分が世間で求められる顔をしているかを確かめている――そう思った途端に、マーゴはフランキーをただの母親ではなく、ひとりの人間として意識する。尊厳に満ちた、独自の存在。マーゴは気づく。年を重ねてはいるけれど、母親だって、この世で生きるのは初めてなのだと。意に反して、マーゴの心は柔らかくなる。

マーゴは思い出す。母親のお手製ランチを持って行っていた頃のこと。茶色い紙袋には、同級生の知らない食べ物がたくさん入っていた――エンダイブにランブータン。小さな陶器《ラミキン》に入った魚卵と、それを載せるプンパーニッケルのトースト。子どもたちって、ほとんど動物と同じだ。あの年頃は残酷で、教わったことのない理解不能なものを決して受け入れようとはしない。フランキーは、ほかほかのビーツをオーブンから取り出してスライスし、ビーツから溢《あふ》れ出る汁で指先はピンクに染まっていた。ビーツは好きだったけれど、「それ、いらない」とマーゴは言い、フランキーは「どうして?」と尋ねた。ほかの子どもたちは、カフェテリアでピーナッツバターやチーズにハム、インスタントのマッシュポテトを食べていた。マーゴは答えた。「臓器みたいなんだもん」。フランキーはナイフを置き、娘に向き合った。その目を大きく見開き、「だってこれ、臓器だけど?」と叫んだ。「誰かにからかわれたら言ってやんなさい。うちでは、敵の心臓を食べるんだって」

マーゴが助手席にドスンと座り込むと、フランキーは少しだけ娘のほうを向く。その指は、まだハンドルを叩いている。「楽しかった？　先生はあの特別料理、気に入ってくれた？」フランキーは努めて平静を装う。子どもたちにはほうれん草とブリーチーズを詰めたパイを作り、先生にはお世話になったお礼として小さめの皿を用意した、と娘には話していた。怪しまれないことは分かっていた。娘からはいつも、大げさにやりすぎる母親扱いされていたのだから。まもなく、教師か妻は水槽のカタツムリがいないと気づくだろう。そしてあの少女は、フランキーの来訪を両親に話さなければならなくなる。少し考えてから、彼はフランキーが何をやったかに気づき、とてつもない恐怖におののくだろう。その光景を思い浮かべると、思わず微笑みがこぼれる。どのみち、あの男には何も言えないはずだ。

マーゴはミスター・クラインについて語ることを拒む。先生は口をテカらせて殻をしゃぶっていたけれど、母親には話さない。マーゴはグローヴボックスを開けて、タバコを取り出す。ずっとそこに隠してあることは知っていた。バツが悪くて、フランキーは何も言えない。マーゴは一本取り出すと、唇にくわえて火をつける。それから母親を見ようともせずに、そのタバコを差し出す。少し間をおいてから、フランキーはそれを受け取り、口にくわえる。そして吸い込む。

OUTSIDE THE RAFT

ゴムボートの外で

その夏、私たちは一〇歳と九歳だった。二人の誕生日は、馬跳びをするかのように重なっていた――まずは彼女、そして私の誕生日。その差は五日。私は従姉《いとこ》の二桁の歳が羨《うらや》ましかった。銀色のラッピングペーパーで包まれたプレゼントに風船、白いフロスティングのかかったシートケーキ、「ハッピー・バースデー」と叫ぶ私の両親を、彼女が望んでやまなかったように。ただし、来年には私も二桁の年齢になるけれど、ツイートの両親は刑務所に入ったままだ。二人は質屋に押し入り、男性を一人殺した罪で、終身刑に服している。ボニーとクライドみたいだけれど、誰も映画にはしなかった。ツイートは、誕生日を祝わない祖母と住んでいたから、誕生日は年齢というプレゼントだけを残して、静かに過ぎ去った。その年はいかにもフロリダといった夏で、うだるような暑さと甘さが、大きく開かれた両手のように私たちの前に広がっていた。従姉とずっと一緒にいられる日々を考えると、私の胸は高鳴った。母には決して理解できなかった。街でも治安の悪い地域にある祖母の小さく傾いた家で、なぜ私がずっと夏休みを過ごしたがるのか――ケーブルテレビもなければ、プレイステーションもない。空気だって淀んでいる。そんなところで、女の子が二人、何をするというの？

私は母が電話で友人と話しているのをよく聞いていた。土曜日の朝、家のなかにはトニ・ブラクストンの歌声が流れていた。母は昔の彼氏のTシャツを着て（掃除用の服だ）、大汗をかきながら、一〇代の頃は実家から早く出たくてしかたなかった、なんて話していた。「あの人、あらゆることに悪魔を見つけるからね」と母が言ったことがある。キャビネットの上の埃《ほこり》を払う彼女の指に付いたアクリルの爪には、ラインストーンがキラキラと光っていた。「目の前にいる悪魔は見えないくせに」。「どんな悪魔？」と私が尋ねると、母はギクリとした。母はよく、私が近くにいることを忘れた。静かに、耳を傾けていることを。「遊んでらっしゃい」と、母は質問に答える代わりに言った。「大人の話に口挟むんじゃないよ」。私は部屋に戻り、一般に知られている悪魔について考えた。赤い肌に角、黒い髭。祖母の本から飛び出して向かいに座り、マヨネーズをたっぷり塗ったボローニャ・サンドイッチを食べている。スウィートティーは、一気飲み。グランマには何が見えないって、ママは思っていたんだろう？

祖母に対する感情は別にして、母はその夏、私が行きたいときに祖母の家に連れて行ってくれた。ツイートと私は、庭から出る必要もなかった。あの小さな家にいるだけで、可能性は無限だったから。私たちは秘密の言語で話した。いつだって、以心伝心だった。

＊＊＊

ある週末、寝る前に祖母が私たちのために、お風呂の準備をしてくれた。ミスター・バブルのストロベリーの香りが、湯気とともに立ち上っていた。祖母はバスタブに向かって腰をかがめた。大きなお尻が弾んでいる。色褪《あ》せたブルーのデニムが、私たちの視界を塞いだ。

「満月だ」とツイートは言い、私たちは祖母のお尻を見て笑いながら、痩《や》せたお尻を突き出して真似をした。ツイートは、シンクの上になぜか置いてあった油性マジックを手に取り、祖母の服の背中に印をつけた。

「グランマ、ツイートが落書きしたよ！」と私は告げ口した。考えるよりも先に、口から言葉が飛び出していた。

「してないよ！」ツイートはマジックをさっと隠した。祖母は私たちのあいだを覗《のぞ》き込み、そしてこう言った。「最初から、色がついていたのかもねえ」。ツイートが落書きするのを、私はこの目で見ていたというのに。祖母が出て行った後、ツイートはバスタブのなかで私をつねった。罪を犯した報いとして、私は無言でその痛みに耐えた。何の断りもなく、ツイートは私の顔に泡の髭をつけて、学校で習った歌に出てくるリバー爺さん呼ばわりした。

「お爺さんは何してるの？」

「娘を探してるの」とツイートは言い、息を止めて泡だらけの水のなかに滑り込んだ。私は探しに探したけれど、娘を見つけられなかった。彼女は海の上に浮かぶ、細かい霧になってしまったから。


その夜、眠る私たちを見守ってくれるよう、祖母がエホバにお祈りした後、ツイートと私は二段ベッドの上段で眠らずに布団を蹴飛ばし、節くれ立った膝《ひざ》を小さな石のようにぶつけあった。私たちの綿の下着は、ブラインドから差し込んでくる月明かりで光っていた。どうして私たち、緑豊かなインドの山を歩き回る虎――口に子どもをくわえて運び、紙やすりみたいにざらついた舌で、仕留めた獲物の血を舐める――に生まれなかったんだろう、と二人で妄想を膨らませた。「鷲《わし》はどう？」まるで羽がついて空を飛べるかのように、私の両手は勢いよく頭の上にあがった。

「ネズミでもいいよね」とツイートは答えた。彼女の歯がカタカタと音を立てているのが聞こえた。小さな口で急いでチーズを食べている彼女を、私は思い浮かべた。常に危険を察知して、髭がぴくぴくと動いている。どうして私たちは銀色の鱗を持った魚じゃなく、鳶《とび》色の目と棒のように細い脚を持った黒人の女の子に生まれたんだろう、なんてことも考えた。

「ほら、もう寝なさい」と祖母が大声で言った。廊下から重い足音が聞こえてくると、私たちは慌てて布団に入り、笑いを堪《こら》えていた。喉《のど》の奥を優しく擦《こす》られるような、あの感覚。私たちは向かい合わせで寝ころんだ――長く細い足が、大きく広がったブレイドとポニーテールの頭の横に並ぶ。彼女のこげ茶の腕が、私の薄茶の腕に押しつけられた。暗闇のなか、彼女は私の手を握った。私がまだそこにいるか確認するかのように。彼女の爪が、私の手のひらにそっと沈んでいった。「愛してるよ、シェイラ」とツイートは言った。

翌日、祖母は聖書の勉強をしようと、遊んでいる私たちに割って入った。私たちは不満を露《あら》わにして足を開いて踏ん張り、体を強張らせて不動の岩になろうとしたけれど、祖母は有能な羊飼いだ。私たちを居間《リビング》に導き入れ、大きな手で扇いで前に進ませた。風に背中を押されているような感じがした。

「ヨナが罰せられたのはなぜ?」と祖母は尋ねた。

「神に逆らったから」。私たちは学校の生徒みたいにゆっくりと声を揃《そろ》えて答えた。神は嵐を起こし、船員たちは海を鎮《しず》めて生き残るために、ヨナを船から投げ捨てた。「エホバはあなたの心を知っておられます」と、祖母は私たちに目配せしながら言った。私は鯨《くじら》のお腹のなかにいるヨナを思い描いた。両手を唇に当てて祈っている。鯨のお腹から出してもらおうと、神に唱えた祈りの言葉も考えてみた。私なら、絶対に船から放り出されたりはしない、なんて考えると、私の心臓は鳥籠のような胸のなかで、パタパタと反抗的な音を立てた。私は神を見たことがなかったし、匂いを嗅いだこともなかった。その太陽のような肉体だって、味わったことはなかった。

「神様なんて、いないのかも」と、聖書の勉強を終えて裏庭に出ると、私はツイートに言った。草は萎《しぼ》んで枯れていた。祖母のリバーバーチの枝にぶら下がっていたカリバチの巣に向かって、私はいくつか石を投げた。石はすべて外れ、薄い樹皮に当たって跳ね返り、猫がよじ登ってひっかいた傷の横に、新たな窪みを作った。

「神様が、ただの大きな茶番だったら？　みんなを行儀よくさせるための」

私がまた石を投げると、ツイートは私の背中に手を置いた。「やめて」と彼女は言った。

カリバチのことなのか、神様のことなのか、彼女の意味するところが私には分からなかった。その顔、その大きな黒い瞳を見つめて、私は大人が言わないような答えを探した。寝る前に手を合わせる彼女に、私は訊いてみたかった――祈っているのは、両親の救済のため？　それとも、彼らに殺された男性のため？　何に向かって祈った？　その神は、あなたに似た二つの顔と、ジーンズのウエストバンドに隠した銃を持ってる？　それは質屋の金《ゴールド》と二ドルのスクラッチくじの神で、「すぐに戻るから」と約束しながら、決して戻ってこない？

彼女には、讃美歌を歌うように、耳元で答えを語ってほしかった。とはいえ、この話題は「大人の話」で、子ども同士でも禁じられていたから、私は何も言わずにいた。もう一度、私は石を投げて外した。

ツイートは、腕を後ろに引いて石を投げた。石はコツンと軽い音を立てて命中し、巣を払い落とした。巣が地面に当たると、カリバチが飛び出してきたので、私たちは慌てて逃げた。

カリバチが攻撃場所を探すあいだ、ブンブンという轟音《ごうおん》が空を覆《おお》った。その群れは静止した空のなかへと消えていき、静寂を残して去っていった。

「神様はいるよ」とツイートは言い、家に向かった。私をひとり、立ったまま庭に残して。

ツイートとのやりとりで、私はむず痒《がゆ》い気分になり、聞いてはいけないはずの大人の会話をもうひとつ思い出した。母の親友のショーニーが遊びに来た時のこと。居間で蟹《かに》の脚を食べながら、「セックス・アンド・ザ・シティ」を見て世間話をしていた二人を尻目に、私はベッドに向かった。私はショーニーのことを「アンティ〔おばちゃん〕」と呼ぶことになっていた。つまり、彼女の娘は私の「従姉妹《いとこ》」になったけれど、ツイートと遊ぶようにヤナとは楽しめなかった。ヤナの足は指の間に溜まった垢《あか》の臭いがしたし、寝相も悪かったからだ。ヤナがいびきをかいているあいだ、私は母とショーニーの会話をドア越しに聞いていた。

「お母さんたちはどうしてる?」とショーニーが尋ねると、蟹の脚を歯で割るような鋭い音がした。

「ってもうさあ」と母は言った。その一言が、すべてを物語っているようだった。「あの歳でまた子育てとか、キツすぎるでしょ。マイクもあんなことになっちゃったし」。マイクとはツイートの父親で、母の兄だ。

「ツイートにも、同じ闇を感じるの」と母は続けた。「きっとあの娘《こ》も、両親と同じ道を歩むはず」

「どうだろう」とショーニーは言った。「シェイラにも闇を感じるよ」

私の名前を耳にして、胃に深い痛みが走った。それを認める気持ちと、恥ずかしい思いが交錯した。顔全体がカッと熱くなった。心のなかで、自分を確認した。手足の指、小枝のような腕、歯の表面。自分の体を邪悪に感じるか、判断しようとした。大人たちはどうやって、この闇の量をはかるのだろう——鼻は父似、唇は母似と識別するように、ショーニーは私の顔を見て分かったのだろうか？　髪を触って角を探したけれど見つからず、頭から枕を被った。ショーニーがそのほかに何を見たのか、母もそれに同意したのか、知りたくはなかった。私は眠ろうとした。ヤナの脚に触れないように、自分の脚をこわばらせた。万が一、私の持っているものが伝染《うつ》るといけないから。

祖母の家に来て一週間ほど経った頃、父がやって来た。母はいつだって、離婚して再婚した夫に対して自分がいかに鷹揚《おうよう》かを自慢していた。父が会いたいと言えば、いつも私と会わせてあげていたし、休暇はいつも一緒に過ごしていた。「あいつに未練ないもん」と、母は話していた。

その日は夏いちばんの暑さで、太陽は空に浮かんでいた——蠟《ろう》でできたレモンが溶けて、光を漏《も》らしているみたい。「よお、お嬢ちゃん」と父は言い、私の頭を撫《な》でた。私は目をきつく閉じて、彼の手を叩いた。父に構われたことが、恥ずかしくて、嬉しかった。それから気づいた。自分の幸運と、父が私の隣にいるという事実を。ツイートは近くに立っていて、私は彼女の視線を感じた。私たち父娘《おやこ》をじっと見つめている。私は父から離れ、祖母の脇に顔を隠した。従姉《ツイート》を見ずにすむように。

「ビーチに行くぞ」と父は言った。「クリスもタティもな」。二人は外に停めた車のなかで、継母と一緒に待っていた。

母曰く、私の祖父は「お盛ん」な人だった。父に私の一歳上と一歳下のきょうだいがいるのは、これで説明がつくだろう。二人の肌はメダルのように明るく、髪は祖母のフェイクファーみたいに柔らかかった。タティはいちばん年下で、「叔母」という肩書は大人っぽすぎると、私のことを姪と言わずに「従姉妹」と呼んでいた。でも、クリスは「叔父」という肩書を誇示しては、車の助手席に座り、ビーチではブギーボードに長く乗っていた。その前の夏、父のアパートのプールのなかで、私はクリスとキスをした――いちばん深い場所で、体を下に傾けながら――頭上では、塩素消毒された一・八メートルの青い水が、きらきらと輝いていた。お互いに離れて水面に顔を出すと、タティが私たちに突き刺すような視線を送っていた。「お前は何も見てないからな」とクリスは言った。

母はいつも私から目を離さず、一人ではどこにも行かせてくれなかったけれど、父は私の独立心を育もうとしていた。父と一緒にいる時は、自転車で交通量の多い交差点を通り、一五分先のマクドナルドに行くこともできたし、オーランドのウォーターパーク、ウェット・ン・ワイルドまで送ってもらい、一人で水遊びを楽しむこともできた。その夏、父にはあまり会っていなかった。継母が妊娠していたからだろう。彼女は大きなお腹を撫でながら、やっと家族になれるのが嬉しい、なんて言っていた。私とは家族になれないかのように。お腹の赤ちゃんは男の子。私はふと、あのお腹に入っているのはすべて空気で、赤ちゃんじゃなく風しか出てこなければいいのに、なんて思うこともあった。

父は私に、緑と黒のストライプが入ったツーピースを手渡した。私がときどき着ていた水着は、父の家の引き出しに折り畳まれて、夏を待っていた。ツイートは私が出かけると知ってうなだれた。

「ツイートも来ていい？」私は父と祖母に向かって、愛嬌満点の笑顔を見せた。赤ちゃんみたいな光沢のあるギザギザの乳歯が、すべて見えるくらいに口を開いて。

父は古いステーションワゴンに私たちを詰め込んだ。クリスとタティは寄り添って場所を空け、子ども四人は後部座席でクスクスと笑っていた――ハイエナのように。イカれた輩《やから》のように。八歳、九歳、一〇歳の子どものように。祖母の家が背後に消えていき、ひび割れた歩道と、路上を徘徊《はいかい》する毛むくじゃらの犬たちが通り過ぎていった。ツイートと私は、窓を開けて空気を入れた。窓から手を出すと、その手はそよ風に乗って空を飛んだ。そう、鷲のように。

ジャクソンヴィル・ビーチに到着すると、父はボロボロになったワゴンの荷台から、クーラーボックスとゴムボートを引っ張り出した。私たちはにぎにぎしく車から降りると、誰がいちばん長く息を止められるか、どの味のアイスがいちばん美味しいか言い争った。大人たちに聞いてほしかった。私たちの出すヒントに気づいて、二つ先の通りにある、トッピングを振りかけたピンクのソフトクリーム型をしたお店に連れて行ってほしかった。でも、彼らは聞こえないふりをした。駐車場のアスファルトで足の裏を焦がさないよう、私たちは飛び跳ねながら歩いた。みんなでぼやいた。何もかもが熱くて、暑い。車も、空気も、地面も。

ツイートは愚痴《ぐち》をこぼさず、ただじっと立ったまま、目を細めて眩《まばゆ》いばかりの空を見つめていた。みすぼらしいタオルを首からかけて、空の青から意味を見出《みいだ》そうとしているかのように。ほかの子たちにからかわれるのが嫌で、私はアームヘルパーを家に置いていくよう、ツイートにきつく言っていた。

「ほら、行くよ」と言って私は彼女の手を握り、四人の子どもたちは砂地を走った。日の光が肩から滑り落ちてゆく。長い脚の導くがまま、私たちは水辺に向かって進んだ。無料コンサートも開かれる草地のパヴィリオンを突っ切り、ホームレスの人々が避難しているテントやプラスチックの防水シートを通り抜けた。ツイートは、小銭を求めて手を出す彼らに怖気《おじけ》づいた。私は平然と彼らの横をスキップで過ぎていった。彼らの手はここまで届かない。私は笑い声を旗のようにたなびかせた。

子どもたちは歩道から熱い砂の上を横切って場所を取り、大人たちが追いつくのを待ちながら、夏のあたたかな香り――塩と貝とカモメの糞の匂い――を深く吸い込んだ。大人たちは、河床をぶつかりながら泳ぐマナティーのように遅かった。一方、子どもたちは白い波しぶきで海の青が薄まるほどに、勢いよく水面を駆け抜けるスピードボートだった。父と継母が追いつくと、私たちは息を荒らげながら準備に精を出し、タオルを敷いて、継母の背中に日焼け止めを塗った。ようやく父がゴムボートを水際まで運ぶと、私たちは騒々しく乗り込んで、顎《あご》を膝につけて座った。

父は沖までボートを引っ張り、手を離した。大きな波が、叫ぶ私たちを岸まで押し戻してゆく。「もう一度!」と私たちは父にせがんだ。一〇回、二〇回と繰り返したはずだ――唸《うな》るような水の音が耳に轟《とどろ》く――それでも、まったく飽きなかった。私たちはずっと笑い転げていた。魚が水面から飛び出した。はるか彼方では、画鋲で留めたかのような月が、宇宙から潮の満ち引きを統制している。ブランケットに座っている継母が、浜辺から睨《にら》みをきかせているのが見えた。父もそれに気づき、最後にもう一度だけ私たちを沖に引っ張ると、しばらくは子どもだけで遊びなさいと言い残して、継母の膝枕(お腹が出ていて枕になる部分などほとんどなかったけれど)を目当てに陸に戻った。私は父から顔をそむけ、気にしない素振りをした。

大きな波はなかった。海水は、緑色を帯びた窪みのある鏡のように広がっていた。ゴムボートは、海面に固定されているかのように動かない。私たちはサメをおびき寄せる餌になったつもりで、ボードの側面から指をぶら下げた。私たちの手は、水と空を切り分ける刃だった。浜辺にある宝物を探す望遠鏡だった。シャベル、バケツ、バービーのビーチブランケット、略奪に値するものたち。私たちが渇望する波は、私たちのことなど忘れて、前方ではしゃいでいた。

クリスは鼻をほじり、ツイートは尿意を催した。

「ボートから降りちゃおう」と私は言った。岸には歩いて戻れる。即決だった。みんなで海に飛び込み、そして海に沈んでいった。足がまったくつかない。潜った先の水は濁っていて、茶色でも緑色でもなかった。水のなかからは、太陽も見えなかった。

私たちは水面に顔を出した。必死で手足をばたつかせたけれど、何も摑《つか》めない。私たちが海賊ごっこをして、水平線を切り裂いているあいだに、海の密かな指は、私たちを深水へと引きずり込んでいた。あの静けさは、幻想だった。何も一か所に留まってはいないのだ。私は水中に潜った。ヒリヒリしたけれど目は見開いたまま、三人の小さな足が激しく動くのを見ていた。お腹の底から力を振り絞って体を沈めたけれど、決して砂底には触れなかった。底があることは分かったけれど、それでも届かなかった。ここはアパートのプールとは違う。水深一・八メートルなんて生易しいものじゃない。海の深さは荒々しかった。泳ぐことはできたけれど、蹴り出せるようなものもなければ、目指せるようなものも見当たらない。タティが喘《あえ》ぐと、まるで見計らったかのように、恐怖が私たちを襲った。パニックでいっぱいになった私たちは、沖に流されたことを誰かに気づいてもらえるまで、体の力を抜いて浮かんでいられなくなった。

助けを求めたけれど、聞いてくれたのはカモメだけだ。私たちは叫んだ。口のなかは塩からい。沖合に向かう速い潮の流れに、足を引っ張られている。ゴムボートは、そんなことお構いなしに、ゆったりと離れていく。前方には、海岸が輝いていた。思わせぶりに揺れる黄色いリボンのように見えた。

誰も助けに来ない。

頭上では波が打ち寄せ、私は波に飲まれ、口を開けて海を飲み込んだ。閉じた瞼《まぶた》の下で、紫と青の光が斑点になって弾けた。私はこの広い海とひとつになっていた。海は私のなかで鼓動し、私になっていた。もし神がすべてを見ているというならば、この時も神は私たちを見ていただろう。この日のことを回想する時、私は思い浮かべる。エホバが波の下を覗き込み、私の心臓に手を伸ばし、そのがっしりとした指で私の心臓をこじ開けるところを。神が私の恐怖を調べると、心臓から分厚くてどす黒い恐怖が、液体のように溢《あふ》れ出してくるさまを。私は舌を噛《か》み、目の前で羽のように広がる血を眺めた。波間に浮かぶ、小さな赤い潮流。舌を嚙んだその瞬間に、私は悟ったのだと思う。自分が九歳で、美しくて、命に限りのある人間であるということを。神が見るのと同じように、私には自分たちの姿がはっきり見えた。海の底で子どもの形をした四つの石になるまで、ずっと沈んでいくのだ。

私は水面から顔を出した。肺のなかで息が燃えるように熱くなり、警告を発していた。手足は疲れ切っていた。タティはボートに向かって泳いでいた。その頭は水中に消えては、勢いよく浮き上がった。私も後を追いたかったけれど、ボートは月ほどに遠く見えた。だからクリスの方を向き、彼の背中によじ登った。波からいくらか体を離して、摑まれたら逃れられない深みから、抜け出したくてしかたなかった。あの暗く、得体のしれない誘惑。私は我慢比べをするかのように、絶対に離すものかと固い決意で彼にしがみついた。彼は叫びながら私を振り払ったけれど、私は二度、三度と戻り、彼に向かって執拗に泳いだ。頭のなかにあったのは、救いという言葉だけ。彼は最後にもう一度、私を背中から弾き飛ばすと、向きを変えてタティの後ろをジグザグに泳いだ。

私には、ひとつだけ希望が残っていた――私の横で立ち泳ぎをしていたツイート。頭を後ろに傾け、顎をコンパスのように岸に向けながら、空を吸うかのように口を上に向けている。疲れ切って、叫ぶこともできずにいる。私は彼女によじ登った。浮きたいという一心で、その肩に爪を食い込ませた。彼女の力は、私を振り払うほど強くなかった。彼女の叫び声に抗《あらが》って、私はぎゅっと目を閉じ、水の上の世界にすがりつこうとした。

「離して！」とツイートは喘ぎながら叫んだけれど、それでも私は手を離すことができなかった。あの暗闇に引きずり込まれるわけにはいかないと思った。私は波打つ水のなかに沈んでいくヨナと、しきりに水面に上がってゆく泡を心に描いた。

私の腕が彼女の首に回ったまま、どれくらいの時間が経ったかは分からない。時間とは、私の頭がどれだけ波の上に出ているかを意味するものにすぎなかった。私は神に祈った。誰かが見つけてくれますように。神が送り込んだ鯨が、私たちを飲み込んでくれますように。この苦しみが終わりますように。

海のなかのツイートと私。あの光景は、私の脳裏から離れない。あの日について、私たちが語り合うことはなかったし、私がやったことをほかの人に話すこともなかった。今、祖母は曾孫《ひまご》を育てている――ツイートによく似た小さな男の子と女の子――もし私が自分の闇を打ち明けていたら、従姉の状況は変わっていただろうか、なんて考える。もし私が光の当たるキッチンのテーブルに自分の闇をぶちまけて、彼女にその闇を観察させ、お互いの闇を比べさせていたら？　もし私が告白していたら？　私の母が、伯父の罪を従姉の顔のなかに探すのをやめていたら？　それができていたら、ツイートは自分の子どもたちに喪失感を引き継がせる代わりに、自分が失ったもののすべてと和解することができていたかもしれない。カリバチに石を投げた日のことも考える。神はいるとツイートが言ったあの日。私は今でも、彼女の固い信念に心を揺さぶられる。彼女は悪魔を見て、悪魔を認識したからこそ、神は実在すると信じたのだろう。闇がなければ光は存在できず、悪がなければ善もないと、彼女は知っていたに違いない。善と悪を併せ持ちながらも、愛されることは可能なのだと、私たちが彼女に教えていたら、どうなっていただろう？　ずっと考えている。ツイートは、どこにいるのだろう。今の彼女は、何を信じているのだろう。

もちろんあの日、私たちは救われた。クリスとタティがゴムボートを寄せ、引きずり上げてくれた。私たちは二人の上にへたり込んだ。ずっと震えの止まらないツイートに、私たち三人は動揺した。ツイートは激しいパニックに陥ったままで、私の胸に罪悪感を焼きつけた。誰も何も言わなかった。私はボートの底に崩れ落ちた。頬の周りに海水が溜まっていく。私は、まだ神を味わったことのない少女のふりをしようとした。神とは、鼻道を抜ける塩水の刺激だった。波の底を染める暗藍色《あんらんしょく》だった。

陸に着くと、ツイートは祖母のエホバに祈るように手と膝をつくと、空気を吸い込み、喉を詰まらせた。私は黙って隣に座り、砂の上に円を描いていた。どうやって釈明していいか分からなかった——自分が恐怖と光でいっぱいになったこと。溺れながら、同時に波にもなっていたこと。突然、すべては死ぬ運命にあると悟ったことを。

自分の命を救いたいと思ったことを、どうやって謝ればいいのか分からなかった。私は母親がするように、彼女に腕を回し、唇をその首に押しつけた。私の腕のなかで彼女の体はリラックスし、震えは止まった。彼女のため息が聞こえた。

「愛してるよ」と私は言って念じた。その言葉がより高い周波で振動するように。ツイートの硬そうな皮膚を突き抜けて、神の言葉のごとく彼女の血流に溶け込むように。

SNOW
スノウ

その朝、芝生には霜《しも》が降りていた。ジャクソンヴィルはフロリダでも北部にあるから、冷え込む時期があるのは毎年のことだ。気温はマイナス一〇度まで下がり、真っ白になった息が、浅瀬で水を揺らす魚《ベタ》のように空気を震わせる。それでも私たちは、毎回ショックを受けてしまう。裏切られた気分になる。よりによって、フロリダが季節を変えようとするなんて、と。

鏡の前で髪を結んでいると、デリックがバスルームに入ってきた。背後を通り、私の頭を越えて薬棚に手を伸ばす。お互いの体が触れないよう、私はお腹を引っ込めて、洗面台に向かって前かがみになる。鏡に映った二人が、目を合わせることはなかった。

「今夜は運転、気をつけて」と彼は言って、デンタルフロスを指に巻きつけた。「にわか雪が降るかもしれないって、ニュースで言ってたから」

私はホホバオイルと毛先の柔らかい歯ブラシで産毛を撫《な》でつけ、まつ毛にマスカラを塗った。頰にチークを載せた。「私には好都合」。おかしな天気の時には、みんな不安になり、騒音と肉体の近くに身を置きたがる。ドリンクを求める。そのうえ土曜だから、チップもたくさん稼げそう。ほかの理由も相まって、私はこの夜のシフトに胸を躍らせていた。メイクを終えて、ユニフォームを整えた――白いポロシャツ（ユースサイズのS）の襟《えり》を立て、黒いパンツについていた糸くずを払った。デリックは歯をフロスしている。後ろに立つ彼の存在感は大きくて、首の後ろがこそばゆくなった。

「綺麗だよ」と彼は言い、私たちは一瞬、鏡のなかで目を合わせた。

彼だって、傍から見れば魅力的だ――豊かな黒髪、大きくて印象的な鼻。四年前、私が彼に恋するきっかけとなったその腕……でも、私の心は沈んだ。今ではもう、ほとんど何も感じない。わずかに残された感情も、愛とは思えなかった。

「ありがとう」と私は言ったけれど、彼が私の美しさにふさわしい相手だとは思えなかった。

「行ってくるね」

「行ってらっしゃい」

バスルームを出て、二人の満たされない欲求がひしめく狭苦しいアパートを出ると、私はほっとした。責めるような沈黙。お互いのことは、「ベイビー」としか呼ばなくなってしまった。そして、今ではこの有様。私たちにはもう、名前すらないみたいだった。

＊＊＊

デリックと結婚して五カ月。そのうち三カ月はセックスレスだ。最後にした時、彼は中折れしてしまい、私たちは最悪な気分で、体も心も素っ裸で、ベッドに座っていた。体も心も素っ裸で。こんなことが、しょっちゅう起こっていた。「仕事のストレスだ。ええと、いろんなストレスかな」と彼は言ったけれど、それでも私に欠陥があるような気がした。

誘ってきたのは彼だ。こちらはそんな気分じゃなかったのに、今度は私のほうが気まずくなってしまった。腹が立った。怒らずにいるのは難しかった。デリックはため息をついた。彼は私ではなく天井を見つめ、私といえば、彼の太腿《ふともも》にくっついて縮こまった、無防備なペニスをずっと眺めていた。

「プレッシャーが大きすぎるんだ。きちんとできなくて、君を満足させられなかったらどうしよう、君の気分を害したり、怒らせたりしたらどうしようって、心配すればするほど、うまくできなくなる。キツいよ」

「私のせいじゃないって言ったのに」

「君のせいじゃない。でも、君のことを思うと、こうなってしまう」

私は気にとめない様子でふざけた返事をし、彼はその熱い手を私の太腿に伸ばした。

「一時的なものだよ。俺たちの関係に問題があるわけじゃないし」と彼は言った。

でも、問題はあった。

彼は悩みの打ち明けかたを知らないようだった。辛いことがあると、心に壁を作って私を締め出した。こうして拒絶されることで、私は問題を理解しようとする気を削がれた。こんな態度を取ったところで、何の解決にもならないことは分かっていたけれど、自分が傷つくことを気にしすぎて、私は心から彼の問題に向き合うことができなかった。自分のせいじゃないのに、と思う日もあった。お手本になる無条件の愛なんて、テレビ以外には見たこともなかったのだし。

それ以来、私は彼に体を見られないようバスルームで着替えるようになり、セックスのことばかり考えていた――自分がしていないセックスと、みんながしているはずのセックス。新しいヴァイブレーターも買った。先端が柔らかくカーブしていて、八段階の速度と三種類の振動が選べた。彼が家にいない時や、彼が寝ている夜更けにソファで静かに使っていると、必ず絶頂に達した。でも、そのオーガズムは浅く、すぐに終わってしまうから満足感がない。自分の能力では到達できないような、もっと深くて素晴らしいピークがあるような気がして、さらに欲求不満に陥った。これと似たような気持ちは、生まれてこのかたずっと抱えてきた。だから、それを体でも経験するのは、嬉しいことではなかった。

私にもストレスはあったけれど、彼とは違って自分のストレスをきちんと説明できた。二三歳にして、あまりに多くのことが気になりはじめていた。老いること、非人道的な医療制度、返済の終わらない学生ローン。他人に仕える以外は自分に取柄なんてないのでは、と高まってゆく不安。こんなに若くして結婚するなんてどうかしていたかも、と思っても、社会的に恥をかきたくないという気持ちが勝って、それを認められなかった。孤独を感じた。最近では、お酒、ダンス、仕事と、何かで気を逸らさない限り、私の脳裏では一日中、とても穏やかな声がこう歌っていた。「バカな娘《こ》、このまま死んでいくんだよ」

四時一五分前。レストランの駐車場に車を停めたけれど、すぐには降りなかった。シートを倒して、自分で作ったシフト前のプレイリストを聴きながら、無理やり気分を盛り上げる。バーのシフトに時間前から入るのは、やめた方がいい。そのまま働かされてしまうから。しばらくして、R．J．がシルバーのシヴィックを私の隣に停めた。ガラス越しに見ていると、彼はグローヴボックスをまさぐって何かを探していた。探しものを見つけてから、彼は顔を上げ、私に気づいた。微笑んで助手席側のドアを開け、人差し指を曲げてこっちに来るよう合図している。私はエンジンを切って車から降り、軽い足取りで彼の助手席に回った。唇はきつく一文字に結んだ。だらしなく微笑んでしまわないように。

「お疲れさま、プレイボーイ」と私は車に乗り込んで言った。

「T、がっつり稼ぐぞ、準備はいいか？」

「抜かりなし」

暖房がきいていて、車のなかの匂いがあたたまっていた――タバコの葉に柑橘系の芳香剤、きつく臭う彼の汗。もう慣れていたし、もしかしたら、今では好きなくらいかも。

R．J．はセンターコンソールから身を乗り出して私を抱き締めると、二拍分くらいそのまま動かなかった。片耳には、大きくて派手なダイヤモンドのピアス。髪は短く刈り込んでいて、シフトの最中でも必ずベースボールキャップを少し傾け、後ろ向きに被っていた。窪んだ目は鳶色《とび》で、どんなドラッグをやっているにせよ、瞳孔《どうこう》はいつも大きく開いていた。喋《しゃべ》りながら唇を舐めるのは彼の癖で、その舌の動きは素早く、密やかだった。艶《なま》めかしい。なんだか動物みたい。私たちは友達同士。（フロリダだというのになぜか）ボストンズというクラブ／バーの同僚として知り合い、マネージャーのひとりと一緒に、もっと給料の高い今の店に移った。

自分は他人の意見に左右されない、なんてみんな言いたがるけれど、私はそれを嘘だと思っていた。誰かのことを聞いたら、望もうが望むまいが、少なくとも最初はそのフィルターを通じて相手を見ているものなのだ。ボストンズの仕事を紹介してくれた友人のケイシーに、面白そうな人はいるかと尋ねた時、「バーバック〔バーテンダーのアシスタント〕」が、なかなかセクシーだよ」と言われていたから、R．J．に出会った時、私は既にほのかな恋心を抱いていた。でもそんなことは、何の意味も持たない。この業界では、珍しくもなんともないことだから。狭い空間で、夜通し体を触れあわせていると、単純に親密な時間が生まれることもあった。閉店後の午前三時、お互いの車のなかで、ただお喋りすることもあった。

心地よい沈黙に包まれて、私たちは車内に座り、ラジオから流れる静かなビートの曲を聴いていた。空が薄暗くなってきた。冬が太陽を盗んでゆく。それが憂鬱《ゆううつ》、と私は言った。R．J．は、握り拳のなかに隠していた小さなビニール袋を振った。白い粉が入っている。「やるか？」彼はニヤリと笑った。私が断ると知っていて、勧めている。同僚の大半だけでなくマネージャーまでもが、トイレ休憩でコカインをやっていると知り、私が気分を害していたからだ。私は誰にも誘われなかった。その理由を尋ねた時、「君には必要なさそうだったから」とR．J．は肩をすくめて答えていた。

「後ですごく忙しくなったら、また訊いてみて」。私はそう言うと、ドアに手をかけた。

「じゃあ、なかで」。彼はそう言ってウィンクした。このジェスチャーだって、何の意味もない。それでも私は、心地よい小さな昂《たかぶ》りを覚えた。

常連客がバーに並んだ。割と新しい人たちは名前ではなく、オーダーするドリンクで覚えている――セヴン＆セヴン、ボンベイ・マティーニにブルーチーズを詰めたオリーヴふたつ、デュワーズのストレート、その日のおすすめビールしか注文しない男。

いちばん多いのは暮らし向きの良い中年の白人で、みんなリベラルを自負していた。とはいえ、彼らが定期的に交流していた黒人は、おそらく私だけだろう。私の立ち居ふるまいや、知的で上品な話しかたに、心底驚いていた。そんな彼らを腹立たしく思いつつ、ありがたくも思っていた私は、ふたつの感情のバランスを取るゲームに興《きょう》じた。たとえ表向きだけでも、褒《ほ》めそやされるのは気分が良かった。私は客と談笑し、彼らをからかった――みんな、からかわれるのが好きだった――グラスを決して空にせず、ドリンクの氷は捨てないように気をつけた。注文した料理がなかなか出てこない時には、厨房《キッチン》に行って催促するふりをして、彼らの腕を触りながら、「あなたがたの味方ですよ」と言わんばかりに同情してみせた。彼らは決して私を責めなかった。ニュージャージー出身で口上手なジョニーは、私が一緒に店を移ったマネージャーだ。彼はこの仕事を「金目当ての戯れ《たわむ》れ」と呼んでいて、私はそれが得意だった。常連客は、それ以外のどこに魅力を感じているのだろう、と私はよく考えた。美しさ、若さ――たぶんそれで十分なのだろう。私の魅力が何であれ、彼らは足繁く通ってくれた。みんなの抱える孤独が、お金に変わったのだ。

思ったとおり、バーは混雑していた。高揚した、どこかお祭りっぽい雰囲気。私は客のあいだを回り、グラスにドリンクを注ぎ足し、熱心に世間話をした。サービスウェル〔テーブル客用のドリンクを給仕係《サーバー》に出すエリア〕では、濡れたマットの上にドリンクチケットを叩きつけ、同じくらい激しくサーバーのトレイを叩いた。バーを照らす仄《ほの》かな金色の照明《ライト》が、寒気で曇った大きな窓に美しく反射し、私たちを実物よりも綺麗に見せている。私は水を得た魚のような気分だった。頬は紅潮し、心はあたたかく、穏やか。考える暇はほとんどなく、この賑わいに飲み込まれたことを嬉しく思った。

シフトの半ば、ドアが勢いよく開き、肌を刺すような寒風が、せっかちな客のように店に吹き込んできた。数人がドアのほうに顔を向け、静かなざわめきが起こる。面白いことが起こる前に聞こえる類の囁《ささや》きだ。その女性が視界に入ると、私にもその理由が分かった。彼女は背が高く、金髪碧眼だった。全身は自信に包まれていて、その自信が生まれながらの優美さを引き出している。こうした特権的で一般受けするルックスに心惹《ひ》かれることのない私だけれど、彼女の肌には日焼けでは説明できない滑らかな琥珀《こはく》の色合いがあった。女性はサービスウェルにいちばん近い空席を選んだ。たいていの人が避ける場所だ。寒い時に起こる静電気のように、彼女は警戒心を発していた。膝丈《ひざ》のコートを脱いで座る彼女の姿を、ほかの客たちは不躾《ぶしつけ》な犬のように鋭い目で見つめていた。彼女はメニューを手に取った。男たちを思い切り無視している。私は彼女に拍手を送りたくなった。

私は彼女の前にナプキンを置いた。「いらっしゃいませ。トリニティです」と、私はお決まりの挨拶をした。「まずは何をお持ちしましょう?」

彼女は私の顔をじっくりと見つめた。ピンクに染まった鼻、濡れた瞳。まだ寒さの残ったその顔は、目を見張るほど美しかった。「父、子、聖霊は三位《さんみ》一体っていう、あのトリニティ?」

私は笑った。「そういうわけじゃないんです。母は名前の響きが好きだっただけで」。彼女はスコッチの水割りを注文し、私はドリンクを出す時に彼女の名前を尋ねた。彼女はカウンターから私に向かって身を乗り出した。口元には微笑が浮かんでいる。ジャスミンとローズの香水が、シャツの襟から漂っていた。

「心の準備はいい?」

「はい」

「スノウ。冗談じゃなくて、本名。こんな名前つけるとか、信じられる?」彼女は誇らしげにゆったりと座り直した。見知らぬ人から驚きの反応を引き出せることが、自分の長所だと思っているかのように。この率直さは、防衛本能? 私にも似たようなところはある?

「びっくりです」と私は同意して、話に付き合った。彼女は身分証を見せてくれた。写真のなかのその顔は、今よりもいくつか若く見える——ここでも金髪碧眼だ。私は片眉を上げ、グラスの縁にたっぷり塩を塗ったドン・フリオのマルガリータを作り始めた。「わあ、ご両親はかなりハイだったんでしょうね」

彼女は身分証を財布にしまい、ドリンクをごくりと飲んだ。「訊かないの?」

「何を訊くんですか?」と私は言ったけれど、しらばっくれていることは彼女にもお見通しだろう。

スノウは舌打ちしてから髪を膨らませ、目を指さした。「ぜんぶ本物だからね」

私は両手を上げた。「疑ってませんよ」と答えたけれど、髪の根元が黒くないかを確認してはいた。とはいえ、わざわざ尋ねようなんて、露ほども思っていなかった。たいてい私は聞き役だ。好きに話してもらい、それに同意したり、盛り上げたりするだけ。客は自分の話をしたがる。それも、いちばん突飛な話を。私は相談役だった。安価なセラピストのようなもの。彼らに喋らせるほど、私の懐は潤《うるお》った。

スノウは父親がヴェトナム人で、驚くには当たらないけれど、常にフェチの対象にされてきた、と語った。私にも思い当たる節があり、胃がそわそわした。「いきなり近づいてきて、

『君は何人?』とか訊いてくるし」

「礼儀正しい人だと、『どちらの出身ですか?』って言うんですよね」と、私は付け加えた。

スノウは私と同じくスキンシップが好きで、話しやすかった。身を乗り出し、私の目を見て話した。私はほかの客のグラスを満たし、ナプキンでもグレイビーソースでも、客が求めるものなら何でも用意してはいたけれど、そのあいだも、煌《きら》めく彼女の姿を視界の隅にずっと感じていた。そして結局、彼女の前に戻り続けるのだった。

やがてスノウは、父親を最近亡くしたと私に語った。彼とは疎遠だったために、奇妙な悲しみを感じたという。「自動車事故だった。九五号線で衝突されたの。目の前にセミトレーラーが迫ってくるのを、父は見ていた」。私は哀悼の意を表したけれど、分かっていた。彼女は慰めてもらおうと思って店に来たわけではないことを。彼女のようなタイプは、遠くからでもすぐに見分けがついた――どんな経験であれ、彼女にはそれをきっちりと語る必要があったのだ。

ジェマがマルガリータを受け取りに来た。

「高いドリンクが売れて嬉しい?」と、トレイにマルガリータを並べながら、彼女は尋ねた。

「そりゃもちろん」。勘定が高くなるほど、私へのチップも良くなるのだから。

仕事が終わったら自宅でパーティー――いや、数人の同僚と飲み会をやる、とジェマは言った。ランプには着色電球をつけて、リビングルームではベースのきいた音楽をかけると。

「来なよ」と彼女は言い、その命令口調に私は震えた。考えておくね、と私は答えた。厨房《キッチン》で何かが壊れた。バーにいた数人がグラスを突き上げ、「オパ！」と歓声を上げた。

スノウはスコッチのおかわりを頼むと、それからまた父親の話を始めた。私も彼のことを考えているかのように。

「父の夢をずっと見ているみたい」と、グラスを額に押し当てながら、彼女は言った。グラスの露が、その額を伝って落ちた。「激しい恐怖に襲われて、夜中に目が覚める」。つい先日は、新しい恋人の家で寝ている時に、またその感覚で目が覚めたという。慣れない家で、暗闇のなか手探りしながらトイレに立ち、電気をつけようとした時、閉まっていたバスルームの扉にぶつかった。「同時の出来事って感じだった。どっちが先に起こったかは分からない」。扉の前面には鏡がついていて、電気がついた時、ほんの一瞬、映っているのが自分の顔だと分からなかった、と彼女は言った。スノウはグラスの氷をしゃぶった。「驚きと恐怖に襲われて死んだら、どんな顔になるのかが分かった。父もあんな顔してたんだろうな。あれほど怖いものはないよ」。彼女は催眠療法士にかかり始めたと語った。

「私はそういうの、あまり信じないかも」と言いながら、私は添えもののチェリーを口に入れた。とことん甘くて好きでもなかったけれど、手持ち無沙汰だったから食べた。頰張っていると、スノウの視線を痛いほどに感じた。私はチェリーを飲み込んだ。

「それじゃあ、星図も信じないの？　エネルギーとか？」

私はシンクに汚れたグラスを重ねた。「どうでしょう。なんだかそういうのって、あまりにも……気まぐれっていうか。実体がないっていうか。偶然みたいなことが多すぎる」

スノウは頷《うなず》いた。他人の言っていることを疑う時の頷きかたで。「夜が明けるまでに、信じさせてあげる」と彼女は言った。私は微笑みだけを返した。彼女のことが分かった気がした。悲しみというぬかるみに深くはまったら、誰だって仲間を求めるだろう。発券機がストロベリー・ダイキリ四杯分のオーダーを吐き出し、私はうめき声をあげた。本物の酒飲み——バーに座っている人たち——は、フローズン・ドリンクで私を煩わせたりしない。でも、メインダイニングにいる人たちは、フルーティなものや派手なものを頼みたがるから、こちらはすぐ手いっぱいになってしまう。R．J．が気だるそうな笑みを浮かべながら、ゆっくりと歩いてきた。私たちが客にするように、彼は私をなだめ、落ち着かせてくれた。「ごめんな」と言いながら私の手に触れる彼に、私はもうそこまで怒れなくなった。私の氷が少なくなった時、氷を持ってきてくれるのは彼だ。ほかのサーバーがそんな暇はないと言う時でも、彼は厨房《キッチン》に行って、私が注文したフードの様子を見てくれる。私たち二人のあいだには、「彼のドリンクをいちばん先に作る」という取り決めがあった。

「同じこと、繰り返さないでね」と私は言いながら、ブレンダーに材料を流し込んだ。

私がドリンクを作るあいだ、彼はバーに寄りかかり、一晩中みんながそうしていたように、スノウを見つめていた。そして私に尋ねた。「恋してんのか？」

私は顔をしかめた。「何言ってんの？」

R．J．はスノウのほうに頭を傾けた。「一晩中、見つめてただろ」。否定しかけたところで、口をつぐんだ。私にとってそれが何を意味するか——自分は眼差《まなざ》しの被害者にも、加害者にもなれるということ――に気づいたからだ。問いには答えず、訊き返した。「ってことは、ずっと私を見てたってこと？」

人間って、何層にも重なった眼差しでできているだけなんだ、と私は思った。

R．J．は笑った。「休憩に入れるようなら、バーはジョニーに任せろよ」と言いながら、トレイにドリンクを載せた。ダイキリはその重みで既に溶け始めている。彼は急いでフロアに戻っていった。もしかしたら、私もエネルギーを信じていたのかもしれない――彼の体が痕跡を残していたから。追うことができそうなほどの跡を。

「あれ、あなたの夫？」とスノウは尋ね、私はギクリとした。デリックと私のあいだの問題が、すべて蘇ってきた。私は指に光るホワイトゴールドの結婚指輪をいじった。バーで働いていると、自分が謎めいた匿名の存在であるかのような気分になる。でも、こんな風にまつ毛の下からスノウに見つめられて、その考えがバカげたものに思えてきた。私は鉢のなかの魚。私が客を分析しているのなら、私を分析している客がいてもおかしくないだろう。

「夫はここで働いていません」と私は素っ気なく言って背を向けると、トリプルシンクに水を流した。苛立《いらだ》ちを覚えた。この場でデリックのことは考えたくなかった。彼をしがらみのないほかの男と競い合わせるのは安易すぎるし、自分が不貞を働いているような気分になった。夜、ベッドに横たわる私たちの姿を心に描いた。暗闇のなかで息づく、石のような私たちの体を。二人を隔てる距離は、ほんの数センチ――眠っている彼と、目が冴えたままの私――それでも、こころの距離はどんどん広がっていき、もう超えられないように思えた。

いきなり襲ってきた自意識が、蓋のように私を押さえつけた。カウンターをさっと拭くと、私はジョニーを呼んだ。「ちょっと代わってくれる？　二番席は、フィッシュ・アンド・チップスを待ってる」

「早くしてくれよ」とジョニーは言うと、本能とも呼べるほどの流れるような動きで、すぐに引き継いでくれた。彼が発泡スチロールのカップにこっそりボトルを傾けるのを見てから、私はタオルで手を拭き、慣れたバーの喧騒《けんそう》を離れて厨房に向かった。食べ物が落ちて滑りやすいフロア、バーの柔らかい照明とは正反対などぎつい蛍光灯。出し場に滑り込む皿の音、グリルにぶつかる金属の音。湯気と罵《のの》り言葉、笑い声に包まれたコックたち。ひとつの世界から、また別の世界へと移動しているみたいだった——顧客の目に触れる美しい秩序《オーダー》と、それを可能にする無秩序《カオス》。

R．J．は、いつもの喫煙場所に座っていた。建物の脇にある、柵で囲まれた大型ゴミ容器の近くで、顧客からは見えない。コックたちが出した三つの古い木箱が、椅子とテーブル代わりになっていた。私が近づくと、R．J．はこちらを見て頷いた。私は彼の隣に座り、自分の体を両腕で抱え込んだ。私たちの白い息が、花飾りのように空気を彩る。

「ジェマのパーティ、行くのか？」

「そっちは？」と私は尋ねた。

R．J．は袋を取り出した。コカインは半分なくなっているようだった。彼は少しすくい取って鼻から吸いこみ、焼けつくような刺激を感じて親指を鼻に押しつけた。

「行こうかな。君が行くなら。そのほうが楽しいし」と彼は言うと、手を伸ばして私の耳を優しく引っ張った。彼に触れられた箇所は紅潮して輝き、その火照《ほて》りは体のなかを伝って、私の脚のあいだを襲う。自分の体が、たくさんの星でできているような気分になった。この時、自覚した。R．J．と私のあいだには、何もないわけではないのかも。恋人としての彼を想像するのは容易《たやす》かった。あのすばしこいピンクの舌が、何をするかも。
R．J．の大きな瞳に吸い込まれそうで、私は思わず目を逸らした。
「寒いね」と私は言った。「もう戻らなくちゃ」

「これ、あったまるぞ」。彼は手の甲に粉を少し出して、こちらに差し出した。私は彼の顔、そしてその手を見つめた。シフトはあと二時間。ハイな状態なんて、すぐに終わってしまう。誰に迷惑をかけることもないだろう。

コカインは眉間《みけん》を直撃し、私は目を潤《うる》ませた。R．J．は微笑んだ。私を誇りに思っているかのように。「これで俺たち、最後まで踏ん張れるぞ」と彼は言った。ドラッグの効き目はすぐさま現れ、私は身震いし、寒さを感じなくなった。鼓動が速くなり、小さな震えが体を駆け巡る。私はその感覚に集中した。喉《のど》の奥は、コカインの味がした。

私が厨房から出てくると、ジョニーがこちらを見ていた。彼は手首を指さし、両手を上げている。でも私は、人差し指を立てて女子用トイレに駆け込んだ。彼は怒るだろうけれど、私にはひとりの時間が必要だった。幸いトイレには誰もいなかった。洗面台にもたれかかる。

星が煌めくような感覚は、断続的にやって来た。ジェマの家に行けば、何かが起こるだろう。そうなれば最悪だけど、それを選択したほうが楽で、都合の良い逃げ道だと分かっていた。私には、愛という業を理解するだけの辛抱強さと勤勉さがない。この事実に向き合うほうが、よほど大変なことだから。その裏には、私など愛の努力に価《あたい》しないという恐怖が光を放ち、ほぼ確信になっていた。鏡に映る自分の顔を眺めてみても、なかなか自分の目を見つめられない。スノウのように、私も自分の顔が誰のものか分からなかった。

大きな音を立ててドアが開いた。まるで私が呼び寄せたかのように、スノウがつかつかと入ってきた。

「あなたが入っていくのが見えたの」とスノウは言った。バッグから液体の入った小瓶を取り出し、私にきちんと見えるよう、その瓶を掲げている。「ちょっとやってみない？」と彼女が尋ねた時、私はもう首を横に振っていた。

「バーに戻らなきゃ」と私は言った。誰かがここに入ってきて、ありとあらゆる罪を並べ立てて、私を逮捕するような気がしてしかたがなかったし、そうなっても、自業自得だと思っていた。

「すぐに終わるから」。彼女は金髪をなびかせながら個室に入り、ドア枠にもたれかかった。

「信じていないんだから、失うものなんてないでしょ」

「これは何？」

「山の聖水」

なぜかは分からないけれど、私は彼女に向かって歩き、なかに入った。私たちは向かい合って、個室に収まった。二人は便器をはさんで、薄い壁に背中をつけている。狭い空間、薄暗い照明——すべてが懺悔《ざんげ》室の雰囲気だった。信じさせて、と私はスノウを挑発した。

スノウは私の頭に聖水を振りかけた。それから両手を上げて、スキャナーのように私の体の前で動かした。第三の目や喉と、重要な部位ではゆっくりと。その手はさらに、おへそから下半身を通った。「胸に問題が出るはず」と彼女は言った。

私は瞬きをした。後頭部に緊張が走った。「どういう意味？　体のこと？　それとも感情の話？」

「それは私にも分からない」

嘲《あざけ》る気持ちを隠そうともせずに、私は笑った。個室の掛け金に手をかける。早くバーに戻りたい。あの金色の光のなかに。あそこでなら、うまく立ち回れるから。「ええと、どうもありがとう」と私は気を遣ってお礼を言った。ドアを開けて出て行こうとしたその時、スノウが呟《つぶや》いた。とても小さな声で、まるで独り言のように。「どうして彼の愛を疑うのか、私には分からないよ」

驚きながらも希望を感じて、私は肩越しにスノウを見たけれど、すぐに真顔に戻った。「何の話をしているのか、分かりません」と嘘をついて個室を出ると、メインダイニングを通り抜け、バーの奥に戻った。

ジョニーは私を優しく叱り、私は仕事に没頭しようとした。ドリンクを注ぎ足し、カウンターを拭き、客と軽口を叩いてはいたけれど、脇の下には汗が溜まり、心臓が激しく脈打つのが分かった。これはコカインのせい、と私は自分に言い聞かせた。スノウがトイレから戻ってきた。こちらの注意を引こうとしているのが分かる。私は客から客へとせわしなく動き回り、わざとらしく高笑いし、彼女の存在をかき消そうとした。空のピルスナー・グラスをさっと摑《つか》むと、側面についていた泡で手が滑り、グラスは足元で粉々に割れた。「オパ！」まるでこれを待っていたかのように、常連客は叫んだ。この混乱に乗じて、私はようやく彼女のほうを見た。バーにいる全員が見守るなか、スノウは立ち上がり、コートを着た。カウンターに投げ出していた現金の上に、空のグラスを置いた。彼女がいなくなると、私は湿った紙幣をそっと拾って数えた——五〇パーセントのチップ。それから、皮肉っぽい妖精のようにジョニーが現れ、散らかしたのだから片付けなさいと、私にほうきを手渡した。

シフトが終わると、ハイな気分も収まっていた。同僚たちは駐車場にたむろして、シャツを脱ぎ、ボディスプレーやブレスミントを回している。R．J．は、両手をポケットに入れて、私たちの車の近くをうろついていた。彼が私を待っていると分かっても、前のように嬉しくは感じなかった。パーティに向けてテンションを上げている同僚たちのほうを見ながら、彼は身振りで合図した。「行くか？」

「うーん」と私は言って、車のドアを開けた。「ちょっと待って」。運転席に座り、バックミラーでメイクをチェックするふりをする。時間稼ぎだ。R．J．はかがみ込み、「心配すんな。綺麗だから」と私の耳元で言うと、みんなに合流しようと立ち去った。私は彼を目で追った。R．J．の言葉が、私のなかに虚しく舞い降りてゆく。家に帰りたくなった。

彼の姿がはっきりと見えた。私の夫。私が何カ月も見ることができなかった姿——夫は疲れていた。仕事から帰宅して、ゴミ袋を出そうと格闘していた。袋の口を丁寧に縛《しば》ると、上着をはおらず玄関まで引きずり出し、私が帰って来た時に暗闇でつまずかないよう、廊下の電気をつけていた。予報されていたにわか雪は、夜のあいだじゅう、さまよえる魂のようにちらついている。雪片はあまりに繊細で、彼に落ちる前に溶けてしまう。彼がゴミ袋を縁石まで引きずり、立ち止まる姿が目に浮かんだ。彼は月を見ていたのかもしれない。霜の降りた、まん丸な月を。いや、もしかしたら、私を探していたのかもしれない。

NECESSARY BODIES

欠かせない体

アパートの管理会社は、ガラス瓶やハンバーガーの包み紙、使用済みのコンドーム、タバコの吸い殻を掃除せず、ただ水を青く染めただけだった。ゴルフ場でよく見るような、緑がかった青色。ビリーは思わず目を細めて、午前九時から午後九時まで噴水から勢いよく出てくるその水をまじまじと見た。数分そこに立っていても、その色合いが光による錯覚なのかどうか分からない。賃貸オフィスの女性たちは、人を小バカにしたような笑みを浮かべる不快な連中で、彼女とリアムが契約書に署名したとたん、愛想というものを一切なくしていた。だからビリーは、駐車場を横切った時、最初に見かけたメンテナンス担当者を呼びとめた。彼とはいつも会釈を交わす。お互いを名前で呼ぶ必要のない、気楽な間柄だ。「池に色を塗ったんですか？」

「いいでしょう？」と彼は朗らかに答え、段ボールを小型トラックの荷台に運び込んでいた。真っ白い歯が太陽に輝いている。「本物じゃないなんて、思えないですよね」

「うーん」とビリーは声を出し、車のキーを彼に向かって傾けた。あなたの真っ白い歯《ラミネートベニア》と同じくらい、本物っぽいですよね、と言いたかった。ジャクソンヴィルの水はほとんどが茶色だってことは、誰もが知っている。樫《かし》の木にぶら下がっているスパニッシュ・モスがゆるやかに揺れていて、風を感じさせるけれど、仮に風があったとしてもそれは生気のないもので、歩道さえも汗ばんでいるように思えた。鷺《さぎ》はさざ波のなかに灰色の頭を潜らせ、何かをつまんで飲み込んでいる——小さな魚だろうか。その光で魚と間違われた、プラスチックの破片かもしれない。この池には、人間には分からない新しい味、匂い、感触があるのかな、と彼女は思った。その人工池には、亀やアヒル、何百匹ものミノウがいた。浅瀬を巡回する大きな鯉が、少なくとも二匹はいた。青みがかった灰色の鱗をした鯉は、脅かされない限りは静かで、緑色の藻や小さな生態系が流れてくるのに任せて、口を開けていた。水を染めたことで、池の生きものにどんな影響が出るんですか？　そう訊きたかったけれど、ビリーはこの質問も飲み込んだ。議論している暇はない。いつものことだけれど、あいにく待ち合わせに遅れていたのだ。良い一日を、とメンテナンス担当者に挨拶してから車に乗り込み、親指で母親にショートメールを送った——母親は既に着席しているだろう。メニュー越しに入口を覗《のぞ》き込みながら、娘を叱るウィットに富んだ文章を考えているに違いない。「今、向かってる」。母親の返信が届いた。「お腹すきすぎて、前菜注文《アペタイザー》しちゃった！　じゃあ後でね！」

ビリーはレストランの喧騒《けんそう》をかき分けて歩いた。昼休みの勤め人たちは、スウィートティーをがぶ飲みしながら、ランチドレッシングをたっぷりかけた巨大なサラダを食べている。麺のように細い腕をした女性たちは、テーブルに身を乗り出して早口でお喋《しゃべ》りし、連れてこられた子どもたちは、砂糖の入った容器をおもちゃにして遊んでいる。サーバーたちは人の波を縫《ぬ》いながら、複数のトレイを手に、流れに乗ってきびきびと動き回っている。ビリーの母親は、二人用のボックス席に座り、チーズフライの皿を優雅につついていた。相変わらず美しい――ストレートにしたばかりの髪を額から後ろに流している。黒いシフトドレス。シアバターを塗った滑らかな脚。

「昨日の晩、魚の夢を見たんだけど」。娘がまだ座ってもいないのに、コレットは話しかけた。ビリーは一瞬、母親の言葉を先ほどの心配から切り離せず、どうして自分のアパートが賃貸価格を上げようと池に色を塗ったことをこの人が知っているんだろう、と不思議に思った。でも一瞬が過ぎると、今度は口の端がゆがむのを必死に抑えなければならなかった。

「何の意味か分かるでしょ？」と母親は続け、残念ながらビリーにはその意味が分かった。昔からの迷信。コレットにとって、魚は繁殖、出産と赤ん坊を意味した。孫の話だ。「この前は従姉妹《いとこ》のエムだったけど、今回はあなたかも？」

「今、生理中だよ」とビリーは嘘をつき、チーズの塊《かたまり》を口に放り込んだ。これさえ言えば、母親を手っ取り早く黙らせることができる。でも、この言い訳は翌月までしか通用しない。「今の今って話じゃないからね」。悪戯《いたずら》っぽい口元。あんたは黙ってなさいと言うかのように、母親は手首を動かしている。「お告げなんだから。私、これまで外れたことないし。あなたが心から親孝行したいなら、これが最高のバースデー・プレゼントになるわよ。ミミになる準備は万全だからね」。ナナでもなく、ミーモーでもなく。もちろん、グランマなんて絶対なし。コレットは、誰かのおばあちゃんになる年齢には見えなかった。自分でいつもそう言っていたし、そのままでいたいと思っていた。

二週間後の土曜日で、母親は五〇歳になる。だからこそ、ビリーは睡眠不足の体を引きずって、母親に会いに来た。妹のヴァイオレットに遠隔で協力を仰ぎながら、彼女はパーティを取り仕切っていた。ビリーは一三歳の頃、どうして娘たちにこんな名前をつけたのかと母親に尋ねた。古めかしい男の子の名前と花の名前のせいで、ビリーとヴァイオレットは学校でからかわれていたのだ。「ビリー・ヴァイオレット」とコレットは言った。娘の不満を無視するのに慣れていた母は、「なんだか特別な感じがしない？　ほら、ジャズ・シンガーにもいたじゃない？」と訊き返した。母親がなぜ二人の名前をくっつけたのか、なぜ自分と妹が二人ではなく、一人であるかのような言いかたをしたのか、ビリーがその理由を尋ねることはなかった。

「ずっと母親になりたいと思ってた？」少しは議論しないと、この話題から逃れられないだろうと分かっていたビリーは、ようやく尋ねた。

「もちろん。あなたもそう思う時が来るわよ。今に分かるから」

その請け合いかたは、傲慢に近かった。池の色と同様、ビリーには分からなかった。母親の考えが、時間を経て理解できるようになる真実なのか、それとも家父長制に影響されたものなのか。そんなに単純な話？　どういうわけか、彼女にはそうとは思えなかった。コレットは、若くして独身でビリーを産んだ。仕事を終えた母親がソファに寝ころんでいた日のことを、ビリーははっきりと覚えている。動かない母親の周りで、どんどん暗くなっていく部屋。いつも綺麗と言うにはあと一歩どころか、二歩ほど及ばなかったアパート。母親は両目を手で覆《おお》い、動いていなくても疲れているようだった。自分の体のなかに留まっていることすら、難儀であるかのように。ビリーが悪さをすると、コレットはこう言った。「私があなたを食べさせて、お洋服も着せてあげてるんだよ」。まるで生まれる前のビリーの魂が母親のところにやって来て、親になってほしいと頼み込んだみたいな口ぶりで。

ビリーは一〇歳の頃のことを思い出した。コレットは用事を済ませようと、ビリーとヴァイオレットを置いて早朝に家を出ていた。赤ん坊だったヴァイオレットは母親のベッドで寝ていて、周囲は枕で囲まれていた。ビリーの知る限り、母親が留守のあいだは二人とも微動だにしなかった。それなのに、コレットが戻ってきて玄関の扉を開けた瞬間、ヴァイオレットは寝返りを打ち、ベッドから落ちた。ヴァイオレットの泣き声は生々しくて大きく、寝ていたビリーを叩き起こした。母親が慌てて部屋に駆け込み、赤ん坊を堅木《かたぎ》張りの床から拾い上げたのを、ビリーは覚えている。自分に向けられた母親の険しい顔も。その後、まだ怒っていたコレットは、かがみ込んでビリーと目線を合わせると、熱のように広がる声で、ひどく冷静に言った。「あなたのことは愛してるけど、それでも時々、全然好きじゃなくなる」。ママは覚えているかな、とビリーは思った。あんな経験をしても、子どもを欲しいと思うようになるのだろうか。

担当のサーバーがやって来て、二人は料理を注文した——コレットはサーモン。体型に気を遣っていると言いながら、唇にはチーズの脂をつけたままだ。ビリーはハンバーガー。体型は気にしていなかったけれど、二五歳を過ぎてからは、そうしなければならないと日増しに感じるようになっていた。母親は料理をカスタマイズしすぎて、結局はメニューにない料理を注文した。だからビリーは、自分の注文はシンプルにして、サーバーの女の子がメニューを下げる時には大きく微笑みかけた。チップなら弾むつもりだと、笑顔で伝えたいと願いながら。どこに行っても、どんなふるまいをしても、彼女たちの行動や外見、その存在は、どういうわけか常に監視の対象になっていた。

コレットは言いたいことを言うと、次の話題に移った。ヴァイオレットはパーティの前日、金曜日の夜にこちらにやって来て、もしよければビリーの家のソファで寝たいという。それは問題なかった。姉妹のあいだに、敵対心はなかった。年もかなり離れているし、子ども時代の恨みもない。お互いの父親が違うことなんて、まったく考えたことのない異父姉妹。そこまで頻繁に話さなくても、お互いのことが好きだったし、離れていても一緒にいても、心地のよい二人だった。

「ミッドナイト・マルガリータ、よろしくね！　踊れる音楽も！　風船から何から、全部ゴールドにして！」羽振りの良いコレッタの男友達が、プレゼント代わりに経費を払ってくれることになっていた。彼女の希望は、ピーカンをちりばめたレッド・ヴェルヴェット・ケーキ、ルーフトップの会場、みんなが白い服を着るパーティだった。本人の言葉を借りれば、「豪華絢爛《けんらん》で目立つ」パーティ――若い頃と同じ類の注目を浴びたい。巣を作っている時のハチのように、無限のパワーでみんなが大騒ぎするような雰囲気。「きちんとメモしてる？」ビリーはこめかみを指さした。「ここに全部入ってるから」と彼女が言うと、コレットはフォークの先で魚の塊を突き刺し、娘に向かって振りかざした。「そう、それなら私がろうそくを吹き消す時に、何を願うか分かっといてね」

たぶん、これが問題なのだろう、とビリーはアパートのドアに鍵を差し込みながら考えた。なんだか自分以外の人が願いごとをして、自分のなかに深くコインを投げ込んでいるみたい――すべてがそんな風に感じられた。食べ残したハンバーガーが入った袋をキッチンのカウンターに放り出すと、よろめきながら寝室に入る。リアムと子犬は、まだブランケットのなかで寄り添っている。彼女はベッドのわずかな隙間に体を投げ出した。今でも子どもみたいに眠りにつけたらいいのに。夫みたいに。

リアムは彼女のほうを向いた。寝ぐせ頭と、よく眠ってリラックスした体。彼は反射的に手を伸ばし、その大きくあたたかい胸のなかに彼女を抱き寄せる。子犬は位置を変え、二人のあいだに潜り込んだ。

「遅刻するよ」とビリーはリアムの首元で囁《ささや》いた。

「今起きるとこ」と彼は言ったけれど、まったく動こうとしない。二人が顔を合わせるのは、主に夜と週末だ。フリーランスのビリーは自宅で仕事をし、リアムは月曜から金曜まで大手配送センターで遅番のシフトをこなしていた。昼の二時頃に家を出て、帰宅するのはだいたい夜中の零時すぎ。もっと遅くなることもあった。いつもビリーは起きて待っていて、夫が帰宅してから一緒に夕食を食べた。テレビを見てリラックスする彼の膝《ひざ》に、足を乗せてうたた寝することもあった。完璧にはほど遠い生活だったけれど、二人はうまくやっていた。

「お義母さんには言わなかったんだろ？」とリアムが尋ねると、ビリーは胸骨を拳で打たれたような強い痛みが走るほど、激しく笑った。「言うわけないじゃん」とビリーは答えた。

「私の性格、知ってるくせに」

ビリーはこの結婚に満足していた。楽しい時も、苦しい時も、いつだってユーモアがあったから。彼女が暗い時でも、リアムは心から理解してくれた。例えば、子犬（キャンキャンと鳴く小さな生きもの）を飼い始めた時のこと。「生きてるあいだにこの世がゾンビに征服されたら、犬は殺すしかないね」と彼女が言った時、彼は間髪入れずにこう返した。「殺すなら喰わなきゃ。もったいないもんな」。ビリーはリアムのこういうところが大好きだった。言葉を選ばなくていいし、モラルがないと思われるかもと心配する必要もない。夫のことが嫌になることもあるけれど、これだって長いあいだ一緒に暮らし、深く愛している相手にしか抱けない類の感情だ。夫婦で難しい問題を話し合えること、難しい問題は時に笑えると認め合えることもありがたかった。それでも、ゾンビが出た時に赤ん坊をどうするかについては、尋ねることができなかった。冗談にするには、まだ早すぎたのだ。

三日前、彼女は妊娠六週の診断を受けたけれど、知っているのはリアムと親友のピアだけだ。たぶん犬も。コレットに嘘をつくことに罪悪感はなかった。今だって手いっぱいなのに、限界を超えてしまうから——母親は喜びを独り占めする。自分のことを神だと思っているのは明らかだ。それに、産むかどうかもまだ分からない。ビリーが子犬の顎《あご》の下をくすぐり続けると、子犬は暴れはじめて夫に飛びかかり、耳の先を噛《か》んだ。「分かった、分かった」とリアムはうめいて寝返りを打った。「起きたよ」

リアムは排便、髭剃り、歯磨きを済ませると、寝室に戻り、作業用ズボンを穿いてベルトを締めながら、彼女に話しかけた。

「今日は何があるの？」

ビリーはまだブランケットの上で大の字になっていた。子犬は嬉しそうに、彼女の脇の下でもぞもぞと動き回っている。「実存的不安のほかに？　ハーパーズバザーの記事を書いているところ。冥王星が惑星の地位を奪われたことと、それが女性の自己決定権の剥奪といかに関連するか、みたいな話」

「へえ、すげえ関連ありそうだね」。ビリーに枕を投げつけられると、リアムはベッドに突進し、彼女の上に優しく覆いかぶさった。「本気だよ！　俺には分かるんだ。ほら、男ってあげたものを奪い返すヤツら《インディアン・ギヴァー》だから」

「その言葉を使うな、白人男《ホワイト・マン》」と彼女は言いながら、彼の髪を撫《な》でつけた。「みんな白人男たちにはもったいない相手だよ」

彼は指を二本立てた。ボーイスカウトの名誉にかけたポーズ。「今後は禁止いたします」と約束すると、その指をビリーのジーンズの縁から滑り入れ、下へ下へと這《は》わせた。彼女の熱の中心に指が当たると、軽妙なリズムで左右に動かす。すごく慣れていて、とても上手い。ビリーは犬をベッドから押しのけて目を閉じた。ジーンズのボタンを外して、彼が自由にできる空間を広げた。腰を上げた。我を忘れてもいいと思いかけた。でもここで、二人のあいだにできた新たなものをうっすらと思い出した。彼女は彼の手を引っ張り上げ、押しやるようにキスをした。いちばん優しい叱責。「こうやって、すべてのトラブルが始まったんじゃなかった？」

彼女はジーンズのジッパーを閉め、リアムを玄関口まで見送った。「心配しすぎないようにな」と、彼は立ったまま靴を履きながら言った。「何があろうと、俺がついてるから」。ビリーにもそれは分かっていたし、そう言ってもらえるのはありがたかった。でも辛いのは、これが彼女だけに属する恐怖であるという現実だった――彼女の「内側」に――待ち構えている問題。細胞で構成された、原始的なもの。妊娠させる側だったら、どれほど単純だったことだろう。Yの染色体を持っていたら。自分の名前のイメージと同じ性別だったら。

彼が家を出た後、ビリーは三〇分くらいごろごろしながら、子どもを持つことの良い点と悪い点、イエスとノーを考えながら、スマホをぼんやりとスクロールしていたけれど、酷《ひど》いニュースばかりだった。仕事をしなくては。トイレに軽く吐いてから、あの狂った池の周りで子犬を少し散歩させ、クレートに入れた。ピアにショートメッセージを送る。「調べものがあるんだけど、車で一緒に行かない？」大学時代からずっと信頼できるピアは、一〇分も経たずに返信してきた。「いいよ。迎えに来て」。ピアがメッセージの最後に茄子《なす》の絵文字を三つ並べたので、ビリーは彼女が本気だと分かった。

＊＊＊

二人は科学歴史博物館でチケットを買い、プラネタリウムで四時から始まるブラックホールがテーマのインタラクティヴ上映を観ようと、少し追加料金を払った。静かな時間帯だった。大人の時間。子どもたちはみな、キッチンのテーブルで夕食前のおやつを口にしながら、英語の練習問題をやっている頃だ。ほかにも数人いたけれど——パンフレットを見ている老人たちに、無関心な表情が顔に張りついたかのような一〇代の若者たち——ビリーとピアの貸し切りと言ってもよかった。回転する照明、隠された小部屋、古代の骨の展示。すべてが発見だった。

「職場の子が言ってたんだけど、妊娠していちばん良かったのは、彼氏が赤ちゃんを傷つけるのを怖がってセックスしたがらなくなったから、下の毛を思いっきり伸ばせたことだって。

生えっぱなしのところ、自分でも見たことなかったらしいけど、毛が生えてきて痒《かゆ》い時期を過ぎたら、最高だってさ」

前の客には挨拶したくせに、ビリーとピアが入ってきた時には知らん顔していたチケットカウンターの金髪女性は、二人に向かってあからさまに嫌な顔をしたが、ピアは手を振って応えるだけだった。

「それ、信じる?」とビリーは尋ねた。

「え? 彼女が生やしっぱなしを気に入ってるってこと?」

「彼が赤ちゃんを傷つけるの、怖がってたってこと」

「ううん、まったく」

産むことに決めても、リアムはまだセックスしたがるだろうか、とビリーは思った。君が八〇歳になっても愛を交わしたい、と彼はいつも言っていたけれど、まだまだ老いが訪れるとは思えない時に、そう言うのは容易《たやす》い。ビリーはいまだに、有名人の目尻の皺《しわ》を物理的な時間の経過を測るものさしとして使っていた——ようやく最近、自分の老いを感じ始めたばかりだ。老化による体の変化と妊娠による体の変化には、関係があるのかもしれない。セックスしたいかとリアムに尋ねれば、もちろんしたいと言うだろう。でも、あんな異質なお腹、ほかの生きものが入って艶《つや》やかに引きつった皮膚を見たら、気が変わる可能性もある。

ピアと博物館を歩き回りながら、ビリーは心安らかに気晴らしできることに安堵した。水生生物。地域の猛禽《もうきん》類。お約束の恐竜。一八〇〇年代から始まるジャクソンヴィルの一〇〇年史。カウ・フォード。一九〇一年の大火（南部連合を支援したジャクソンヴィルの役割については、明らかに言及が少なかったが）。何かを思い知らされることも、何かに動揺することもなかった。ゲノム・プロジェクトもなければ、人間の心臓の模型もない。でも、ピアは一緒に考えるチャンスを窺っていたのだろう。二人で身をかがめて特大の回路基板の内部に入り、電線と壁に反射した光に囲まれていると、こう言った。「それじゃあ、ひとつずつ見ていこうか」。小学生の算数のように、彼女は項目をひとつずつ指でチェックした。ビリーとリアムは結婚して五年。愛し合っている。二人とも二〇代後半。生活に困窮していない。他人の子どもは好き。両家の仲は良好。「表向きはいい感じだよね？　どう思う？　何を考えてる？」彼女は本気で訊いていた。上から目線でもなければ、自分の意見を差し挟もうともしていない。それがますますピアを素敵にした。その黒い瞳は人工光を集め、そのなかに映るビリーは小さくて、逆さになっている。

ビリーが考えていたことは無数にあった。そのうちのいくつかは、妊娠に気づく前から彼女を悩ませていた。もしフロリダが洪水にあったら？　あの最悪な男が再選されたら？　自分に育児の才能がなかったら？　産んだ後で後悔したら？　産まないで後悔したら？　スーパーや映画館、自宅で私が撃たれたら？　学校で教えられる歴史修正主義は？　私に自己犠牲が足りなかったら？　自分を犠牲にしすぎたら？　リアムと離婚してしまったら（よくあることだし）？　子どもに嫌われたら？　私が冷酷だったら？　心の底から愛してから流産したら？　私たちの愛や地球、何ひとつとして持続できなかったら？　最後には、ただ海を青く染めて、幸運を祈るしかなかったら？

　とにかく、新しい命をこの世に送り出すのが責任ある行動なのか、ビリーには分からなかった。でも、ずっと悩んでいるわけにはいかない。動き続けなければ、呼吸し続けなければ、死んでしまう。だから、ピアにはいちばんシンプルな答えを返した。究極の問題は何かを。

「正直な話？　この赤ちゃんから、私はどんな影響を受けるかってこと」


　プラネタリウムの座席は背もたれを一八〇度倒すことができたので、来場者は天井を見渡すことができた。四時ちょうどに照明が消え、プラネタリウムは宇宙のおぼろげな黒へと変貌した――太陽系に、キラキラと光る幾千もの星。そのうちのほとんど、気が遠くなるほどの数の星が、驚いたことにまだ名前を持っていなかった。その暗闇と断続的な輝きのなかで、ビリーは種だった。銀河の深いポケットのなかで、必死に輝く点。ちっぽけな存在だけど、それが何より心地よい。全方向から聞こえてくる男性ナレーターの声が、八つの惑星、降格させられた可哀そうな冥王星、小惑星帯、そして地球から三〇〇〇光年先にある、いちばん近いブラックホールを手短に案内した。ビリーとピアはいくつかの用語を学んだ。時空《スペースタイム》、事象の地平面《イヴェント・ホライズン》、理想的な黒体《ブラック・ボディ》――ブラック・ボディのところで、二人とも含み笑いをした――どれもが、光さえも逃れることのできない巨大な塊を説明するための言葉だった。物体がブラックホールのなかに落ちると、外部からはもう見えなくなる。でもこの場合、「見えなくなる」ことは「なくなる」こととは違うような気がする、とビリーは思った。彼女は身を乗り出し、ピアの耳元で囁いた。「ブラックホールって、別世界へと続く扉《ポータル》だと思う？」ほんの一瞬だけ間をおいて、ピアは答えた。「人生は円なの、分かる？　誰も行ったことがない場所には、行けないんだよ」

「女王様の大切な日、準備はどんな感じ？」妹と電話で喋りながら、ビリーは詳細と写真をショートメールで送った――ルーフトップの会場、ゴールドで縁どられたプラスチックのフルートグラス――ヴァイオレットは進んで意見を述べる。賛成できる点を挙げ、「若さ」（ビリーはこれを「スタイル」の意だと察した）を理由にしながら、改善点を提案した。中間試験は殺人的だった、この男子と付き合っている、コレットにふさわしいプレゼントがまだ見つかっていない、とも話した。ヴァイオレットの到着に備え、姉妹はパーティ当日にやるべきことの詳細をまとめた――ビリーはモールの店でケーキをピックアップし、ヴァイオレットは会場の飾りつけをする。「それから言っとくけど、お姉ちゃんもリアムもご老体だけど、もし私が泊まってるあいだにやりたくなったら、やる前に教えてね」

ヴァイオレットが大げさに声を震わせているのが聞こえる。私とリアムの実年齢、分かってる？　とビリーは妹に問いただした。時間積算の理論を知っているかも訊いてみた。年を取るにつれて時間が早く過ぎるように感じることを説明した理論だ。自分もつい最近知ったことなのに、ビリーはそんな素振りを見せず偉そうに尋ねた。「まだ分かんない」とヴァイオレットは笑って答えると、二人は電話を切った。

その夜、ビリーは帰宅したリアムに妹の言葉を伝えた。彼はひとりで笑いながら、子犬を呼んで紐《ひも》でつないだ。「俺たちがソファでやりまくってたこと、彼女は知ってるんだよね？」知らないだろうな、とビリーは思った——人というものは、自分に都合のいいこと以外は、他人の生活をできるだけ想像しないものだと、彼女は理解していた。

記事の執筆中、彼女はインターセクショナル・フェミニズムや、冥王星の衛星について調べる手を止めて、水の染色と、水生の動植物に与える影響を検索した。染料は食品グレードなので、水中の動物にも、その動物を食べる人間にも安全なうえに、望ましくない藻類の繁殖や、捕食鳥が貴重な産卵魚を盗むのを防ぐと、ほとんどのサイトは主張していた。みんなにメリットがあると。でも、ビリーは騙《だま》されなかった。世界中で、お金が何よりも崇拝されていることを知っていたからだ。美徳も悪行も、お金には敵わない。日々のニュースでも、自分の身の回りでも、ビリーは命の価値の低さを思い知らされていた。深夜、リアムの帰りを待ちながら、ビリーは手当たり次第に検索をかけた。あと何年でフロリダは海中に没するか。太陽はいつ消滅するか。多世代にわたるトラウマとその生物学的影響。クー・クラックス・クラン地方支部の新メンバー勧誘活動について、グランド・ドラゴンの自宅でスウィートティーを飲みながら行われたフロリダ・タイムズ紙のインタヴュー記事。オーガニックな自家製ピザロールの作りかた。「コックサッカー」いう言葉が、ペニスの所有者ではなく、その行為をする者だけを侮辱するのはなぜか。

世界の問題に自分も加担していることを自覚していたビリーは、駐車場でゴミ拾いをするようになった。毎日、鯉が死んでいないかも確認した。

金曜日も終わろうとする頃、ビリーはヴァイオレットを空港まで迎えに行った。クロップトップとボーイフレンド・ジーンズに身を包んだ妹の体は、張りがあって若々しく、黄金色をしていた。彼女は細かく編んだブレイドに銀色のヘアカフをつけ、翡翠《ひすい》とオニキス、アメジストのリングを両手すべての指にはめていた。どういうわけかビリーよりも背が高く、ビリーが二〇歳の頃よりも自信に満ちている。家に向かう車中、二人はお互いの話は一切せずに、ラジオを大音量でかけて、初期のカニエ・ウェストやマルーン5、アヴリル・ラヴィーンを叫びながら歌っていた。未成年だった二人が、短いながらも一緒にコレットの家に住んでいた頃のポップ・ソングだ。前方の空には紫色の筋が入っていて、少しだけ、無のなかへと突っ込んで行くような感じがした。自分たちの存在が取るに足りないものに思えて、ちょっぴり不気味。「自我」なんて、虚構なのかもしれないと思うほどに。

案の定、ビリーのスマホが鳴り、彼女はブルートゥースで電話に出た。「私のベイビーはいる？」とコレットは尋ね、ヴァイオレットはスピーカーに向かって猫撫で声で挨拶した。ダッシュボードの時計が午前零時を回ると、姉妹は図ったかのように「ママ、誕生日おめでとう！」と叫んだ。コレットが甲高い声を出し、拍手しているのが聞こえた。「二人ともありがとう！　神様に感謝！　娘ふたりが一緒にいる。これでようやく眠れるわ」。ビリーは訊きたかった。母親になると、いつもそんな感じなのか――子どもと連絡が取れるまで眠らず、自分の一部が戻ってくるのを待つものなのかと。

ビリーはソファに即席ベッドを作り、洗いたてのピローケースに枕を入れた。妹に何も言うつもりはなかったのに、二人でうとうとして黙り込んだ時、つい口が滑ってしまった。ヴァイオレットは息を吸い込んだ。「そっか、お姉ちゃんだったんだ。安全なセックスをしろとか、大学は絶対に卒業しろとか、こっちは何週間もママからしつこく説教されてたんだよ。ピルを飲み忘れたことはないって、ずっと言ってたのに。それで、ママの反応は？　パレードするくらいの勢いで喜んでた？」

ビリーは背中を向けて、シーツをソファに敷いた。「まだ話してないよ」

「あ、パーティまで待ってるんだ。それは賢いね。私のプレゼントなんて、吹きとんじゃうだろうなあ」。ヴァイオレットは、表彰式のドラムロールのようにコーヒーテーブルを連打した。「本年度の親孝行大賞は……」

「そんなのじゃないって」

「じゃあ、どんなの？」とヴァイオレットが尋ね、ビリーはまだ産むか分からないと話した。妹は顔に皺を寄せ、困惑と不快が入り混じった表情をしている。「ってことはなに、赤ちゃんに『自分の生活を乱される』のが怖いの？　それって、ちょっと自己中じゃない？」

妹に何と言えばいいのだろう――妹はまだ若い。ビリーだってそうだ――まだ行ったことのない街や、これから築きたいキャリアがあるなんていう、単純な話じゃない。まだ時間がある、とビリーは自分に言い聞かせていた。もちろん時間はあった。子どもは鬱陶《うっとう》しいかもしれない。それに、なんてことのない傷ですら、今やもう完全には消えなくなっている。赤ん坊を産めば、自分がボロボロになることは分かっていた。こうした理由がすべて真実で、正当ではあるけれど、もうひとつ怪物級の大きな懸念が育児の混乱の陰に潜んでいること、つまり母になることは通過儀礼、ひとつの節目というだけではなく、赤ん坊はひとりの人間で、母親には赤ん坊を生かし続ける責任があるのだということを、どうやって伝えたらいいのだろう？　もし自分が子どもを駄目にしてしまったら？　もちろん、妊娠して出産するという従来の意味では、誰もが母親になるわけではない。もし、女性がもっと自由に考えることを許されていたら、世界は今どうなっていただろう？

「ねえ、ママには言わないで。もう少し考えたいから」

ヴァイオレットは小さなポーチを持ってバスルームに行った。トイレの水が流れ、洗面台の水が流れ、数分後にスウェット姿で出てきた彼女は、顔をオイルで光らせ、髪にはサテンのスカーフを巻いていた。

「何も言わないよ。私が話すことじゃないし」。ヴァイオレットはブランケットのなかに入った。ビリーをずっと見ている。「でも、一日くらいは産むつもりで過ごしてみてもいいかもね。『それ』って呼ぶのもやめてみるとかさ。私は何も知らないと思ってるだろうけど、やってみる価値があるとしたら？」

「その気になってふるまえば、そのうち本当になるって？」とビリーは冗談めかして言った。かがみ込んで、妹の頰にキスをする。ヴァイオレットは微笑んだけれど、その表情は真剣だった。まるで何か別のものが、若い妹の顔の下から覗いているよう。永遠で恐ろしいものが。真実が。

「うん、そうしてみなよ？　自分のやってること、みんながみんな、きちんと分かってると思う？」自分がヴァイオレットぐらいの年の頃、ここまで無知で賢かったかどうか、ビリーは覚えていなかった。

ベッドのなかで、子犬はビリーに体をすり寄せ、リアムが帰って来るまでそこにいた。夫が自分の隣でベッドに入るのが、ビリーには分かった。シャワーの水の香りが、まだその肌にまとわりついている。彼女は熟睡しているふりをした。どこか遠くにいて、体が空っぽであるかのように。そこは慈しむに値する空間。愛されるに値する空間。ようやく意識が遠のくと、彼女は夢を見ずに眠った。もし見ていたとしても、その夢は理解の範疇《はんちゅう》を超えていた。

ケーキはまだできていなかった――あと三〇分で必ずできますから、とお店の人は言い（正午までにはできると約束していたのに）、ビリーは時間を持て余した。ヴァイオレットは、飾りリボン、テーブルクロス、フルートグラス、ゴールドの風船を持って、もう会場に入っていた。ピアがヴァイオレットに合流して飾りつけを手伝い、そこから二人がアパートに戻ったら、ピア、ヴァイオレット、リアムは着替えることになっている。コレットの指定は、往年のハリウッド・スターを彷彿《ほうふつ》とさせる青か黒か銀のスパンコール。あるいは、それに近いカクテルパーティ用の衣装。ビリーのドレス——真珠のような光沢のあるワンショルダーのマーメイドドレス——は、車のなかにきちんと吊り下げられていた。ケーキを受け取ったら、コレットの家まで行って、着替えるつもりだった。

ケーキを待つあいだ、彼女はデパートのほかのエリアをぶらつき、化粧品や日曜大工の売り場を眺めた。弱々しいヒレで泳ぐ陰気な魚の入った水槽が、物悲しく並んでいる。どれもがお金で買えるものだけれど、それで心が完全に満たされるわけではない。気がつくと、ビリーは衣料品売り場にいた。まずは婦人服、プラスサイズの婦人服、子ども服、となれば次はもちろんベビー服。もしかしたら、ずっとそこに向かっていたのかもしれない。プラスチックのハンガーにかかった服はすべて小さくて、触ると柔らかくて、男女という性別のみで分けられたパステルカラーだった。自分のなかで育っているものが、耳型フードがついたキツネのワンジーを着ている姿を思い浮かべようとしていると、彼女は背後に気配を感じた。「ビリー・ザ・キッド？」最初は嫌だったけれど、だんだん愛着がわいてきた高校時代のあだ名だ。

彼女が振り返ると、男性がいた——薄くなってきた頭部を隠そうと、髪を短く刈り込んでいる。少し出たお腹で、緩やかにポロシャツが盛り上がっている。見覚えのある顔だけれど、名前が出てこない。でもそれから、あたたかい記憶が唐突に蘇り、彼のことを思い出した。一年生の頃、ビリーがちょっと好きになったけれど、高嶺《たかね》の花だった人気者の男子——二年生だったクエンティンだ。彼女は自分の幸運に驚き、首を振った。ジャクソンヴィルは無駄に広くて、昔の知り合いに出くわすことは滅多にない。しかも、こうして綺麗にしている時に会うなんて、絶対にない。「Q?」

「わあ、やっぱり君か」とクエンティンは言った。とろんとした目で笑顔を浮かべている。そこには昔の魅力が光っていた。彼は足を踏み出すと、ビリーを大きく抱きしめた。懐かしさに襲われた人がするような、ほとんど知らない相手でも友達にしてしまうようなハグだった。ビリーはその腕に包まれるに任せ、芝居じみた大きなハグを返した。「久しぶり！ ここで買い物してんの？」彼が手を離すと、彼女は目を閉じた。小さな静けさのなかでためらう。ビリーは、妹の助言に従うことにした。

「実は……うん。初めての子どもなの」と彼女は思い切り笑った。片手をお腹の上に置く。多くの女性がそうするのを見てきた。この世界共通の合図。「私も夫も、すごく嬉しくて」

「良かったなあ！ おめでとう！ 俺も二人いるよ。予定日はいつ？」

クエンティンとは何のしがらみもないので、ビリーは自由に話せることに気づいた。これまで声にしていなかったあらゆること、子どもができて起こり得るすべての良いことが、心の奥底から湧きあがってきた。自然と言葉が出てきた。春の予定日。祖母か叔父にちなんだ名前を考えていること。赤ちゃんの性別は生まれるまでのお楽しみで、あまりこだわらないようにしていること。これでまた祝日と週末が意味を持つようになる、とビリーはほっとした顔を作った。クエンティンはそのとおりだと答えて、子育てアプリを持っているか尋ねた

――ガールフレンドがすっかりハマっているという。彼はもう一度、ビリーにおめでとうと言った。「マジで奇跡だから。そりゃあもちろん、半端なく疲れるけどな。でも、自分について多くを学んだよ。とにかく、頑張るしかないんだ」

かつての知り合いと世間話をしている時、熱いセミナー講師みたいな口調になってしまうのはしかたないことなのかな、とビリーは思った。ここまで思い切りポジティヴになった自分が面白かったけれど、何だかいいなあとも思った。よく知っている人の前で、これをやるほうが難しい。クエンティンとはハグして別れた。連絡を取り合おう、なんて空っぽな口約束もした――でもビリーは、少し膨らんだお腹を両手で包んだまま、しがみついていた、あのイメージに。自分の人生で、この赤ん坊がリアルで不動なものとなっているイメージに。彼女は、これまで感じられなかったことを感じられるようになった。こみ上げてくる吐き気や、頭にしつこく浮かんできてしまう考え以上のものを。ヴァイオレットは正しかった。イメージングが鍵なのだ。

柔らかい頬が見えた。触れることのできる頬が。そして、誰かに頼られているという安心感が。自分もそのうち頼ることになる相手が。誇らしげなコレットの姿が見えた。三人家族。自分は変わるのだ、と思った。ビリーはヘビになった自分を思い浮かべた――しなやかで滑らかな姿。自分の腹部に唇が触れるまで体を丸め、太陽の下に置き去りにされた石のように硬く、熱くなった肌に口づけることができた。赤ん坊の耳元に、二人を繋《つな》ぐ秘密の場所に、囁いている自分の口が見えた。その言葉はへその緒のように二人を結びつけると、皮膚や羊水を通り抜け、赤ん坊の耳元に辿《たど》り着く。ビリーはこう言っていた。「あなたのことは愛してるけど、それでも時々、全然好きじゃなくなる」

コレットは輝いていた。カクテルを片手に、外のバーにもたれて大声で話している。計画どおりに、煌《きら》めく衣装のなかで、一人だけゴールドのドレスを着ていた。パーティはたくさんの人で賑わっている。新旧の友人たち。親類一同。ビリーとヴァイオレットの父親も、スーツ姿で来ていた。ビリーの父親は、青いポークパイ・ハットを被り、つばに一セント硬貨を挟み込んでいる。娘たちが挨拶を終えて立ち去ると、二人はルーフトップの一角にかたまって、濃い色の酒を飲みながら、こそこそと立ち話をしていた。招かれざる客みたいに、人目を引くのはまずいと思っているかのようだ。姉妹はこれを滑稽《こっけい》だと思った。「あの二人、何の話してると思う?」とピアは尋ねた。「あなたのお母さんの秘密でも、交換しあってる?」

コレットが背後からやって来て、娘たちのあいだに割って入り、酒を飲みながら鼻で笑った。「私がいかに良い母親で、私と付き合うことができて、自分たちがどれほどラッキーだったかってこと以外、あの二人に話すことなんてないでしょ?」それから彼女は、女王のように手を振りながら、男たちに向かって大股で歩いた。コレットを前にした二人の父親は萎縮して、はにかんでいるようだった。ピアはけらけらと笑い、姉妹は愛情たっぷりに呆れた顔をした。リアムはほぼ空になったグラスを手に、首を横に振った。

「お義母さんって、本当に強烈だよね」。彼は嚙み砕いた氷をからからと鳴らした。「バーに行ってくるけど、何か欲しいものは？」と彼はビリーに尋ねてから、女性陣がいきなり沈黙したことに気づいて青ざめた。よくある質問が、すっかり重苦しくなった。「ええと、みんな、欲しいものはある？」とリアムは言い直し、ビリーは咳ばらいをした。彼女はずっとセルツァーを飲んでいた。コレットの注意を逸らすために、グラスにフルーツをあしらって。でも、お酒は好きだった。特にパーティでのお酒は。ほろ酔いになり、くらくらして、体が軽くなる感じがたまらない。アルコールが血のなかを巡り、ダンスフロアで音楽とダンスにのめり込む。過去や未来なんてすべて越えて――そこにあるのは今だけになる。

「私はまだ飲める年じゃないから」とヴァイオレットは言ったけれど、絶対に飲んだことはあるはず、とビリーは思った。母親はみんなの相手で忙しいし、お酒を飲まないということをわざわざアピールしようとしていないなら、妹はここでも飲むだろう。妹は感情が顔に出るタイプだ。こちらが少しでも勧めればどうなるか、ビリーには分かっていた。

ビリーは首を横に振った。「私は大丈夫」

「あなたと同じものをお願い」とピアが言うと、リアムはそそくさと立ち去った。ヴァイオレットは、オードブルを見て、曲をリクエストしてくる、なんて言い訳をして、誰を責めることもなく姿を消した。

「彼女に話したんだね」と、ピアはビリーの妹を目で追いながら言った。

「ついうっかり」

「お母さんに言うと思う?」

ビリーはグラスに口をつけると、歯を閉じたままセルツァーを啜った。「私に絞め殺されるって、あの子も分かってるから」

二人は静かに立っていた。パーティと人ごみで頭がいっぱいだ。ビリーは、グループからグループへと軽やかに飛び回り、ダンスをしている母親を見ていた。彼女のドレスは、近くにいる人に光を放っている。リアムはドリンクを持って戻ると、ビリーに体を近づけた。その息はラム酒の香りがした。彼の唇が、彼女の耳元に冷たく触れる。「踊ろう」と彼は言った。「しばらくのあいだ、すべてを忘れよう」。リアムはビリーをフロアに連れて行き、二人は踊る人々にぶつかりながら、中央まで進んだ。ビリーは両手を上げ、滑らかなリズムに合わせて足と腰、肩を動かした。心のままに踊った。

午前零時を回る直前、「ハッピー・バースデー」とケーキでのお祝いもとっくに終わった後、数人のサーバーがまだ残っているゲストのあいだを回り、スターフルーツとライムで綺麗に飾られたマルガリータのトレイを差し出した。グランド・フィナーレだ。コレットは五〇歳の一日目を終えようとしている。彼女はみんなの前に立って乾杯した。自分の大きな幸運に——娘たち、友人たちに。長寿を願い、これまでの五〇年と同じように、あと五〇年も幸せに生きたいと言った。「私が学んだのは、人生を楽しまなきゃってこと。感謝を忘れないこと。後悔なんてしちゃだめ!　それから、男の言いなりにもなっちゃだめ!」みんなが歓声を上げた――男性陣は遠慮がちに――そしてコレットに乾杯した。自分たちの明るい未来にも。

ビリーはみんなの後方で、レストランへと続く両開きの扉の近くに佇んでいた。サーバーが出たり入ったりしながら、残りの食べ物を片付け、空になった皿を厨房に運んでいる。彼女はひとりだった。トレイに最後の一杯を載せたサーバーが通りかかると、ビリーは思わず手を伸ばしていた。グラスは手のひらのなかで、うなぎのようにつるつると滑りやすかった。あたりを見回し、グラスの縁の塩を指で触れる。誰も見ていないし、誰も気にしないだろう。グラスを一気に傾けると、冷たい感触が歯に染みた。きつい酸味と塩気がやって来る。水っぽくなってはいたけれど、テキーラの味ははっきりと分かった。爽やか。強い刺激。すばやく飲み干し、通りかかった別のトレイに置いた。手で口を押さえると、そこにはまだ冷たさが残っていた。お酒の味も。一杯だけだし、問題はないはず、と彼女は自分に言い聞かせた。コレットだって言っていた。「後悔しちゃだめ」

もちろん、そう思った瞬間、いきなり怖くなった。パニックが襲った。ビリーは洗面所に駆け込み、個室に飛び込むと、べたべたとした床にひざまずいた。喉《のど》の奥に指を二本入れて吐こうとした。目が潤《うる》み、焼けるように痛くなったけれど、ドリンクを吐き出すことはできなかった。「ごめんね」と彼女は呟《つぶや》き、便器に向かってしゃっくりをしても、そんなものはただの言葉で、謝ったからって許されるものではないと分かっていた。

家に帰って、ドレスもメイクもそのままでベッドに潜りこみ、何も考えずに眠りたい、とビリーは思った。誰かが決めてくれたらいいのに。誰かほかの人が、言ってくれたらいいのに。四角いトイレットペーパーで口を拭いていると、ヒールの音が聞こえてきた。個室のドアが押し開けられた。そこには、母親の心配そうな顔が浮かんでいた。

どういうわけか、コレットは知っていた。母親の勘が、警告を発したのだ。いつものように、偶然ではあれ、問題《トラブル》の根源に辿り着いていた。母親は、ヴァイオレットがベッドから落ちた時と同じ表情をしていた。被害を判断し、怒りというより安全な領域へと足を踏み入れる前の顔。でもここで二人を繋ぐものは、癒しだけのはず。母親に罪悪感を強いるものはないのだから。コレットは前かがみになって娘の背中をさすり、ビリーは思った。怒りだって、愛の一種なのかもしれない。

「大丈夫よ、ベイビー」とコレットは舌を鳴らしながら囁いた。「ちょっと飲みすぎただけ。帰りなさい。お水飲んでね。明日には良くなってるはず」

車を停めた時、ビリーとリアムのアパートがある側の池を照らす街灯は消えていた。リアムはエンジンを切り、ビリーのほうを見た。ビリーは座ったまま前方をじっと見つめていたが、何も見ていなかった。ヴァイオレットはコレットの家に泊まりたいと言い、ピアは二人を家まで送り届けてあげると、快く買って出てくれた。ビリーは何が起こったかを夫に話していなかったけれど、リアムは滲《にじ》んだマスカラを見て、妻の心のうちを察した。それができるくらいには、ビリーのことを知っていた。リアムに手を触れられて、ようやくビリーはドアを開けて車から降りた。夜になって、暑さは和らぎ、空気は風呂の水のようにぬるくなっていた。

「上に行って」と彼女はリアムに言った。「犬を連れてきて」

彼は警戒しながらキーをジャラジャラと鳴らしつつも、すぐに同意した。「すぐ戻るよ」

夫がいなくなると、ビリーは池に向かって歩いた。空の色に染められた水面はガラスのようで、宇宙みたいに暗い。ミノウは口をパクパクと開け、雨だれのように水面に窪みを作っていたが、それでも噴水が止まっていたので、水面は鏡のようだった。露《あら》わになってゆく。飛び跳ねていく何か。姿を消したり、現したり。ビリーは思った。もしかしたら、すべてが扉《ポータル》になりうるのかもしれない——ブラックホール、肉体、選択——ほかの場所で、目には見えないけれど、曲がらなかった曲がり角が、ずっと続いていくのだ。文章ではなく曲を綴《つづ》るビリーがいた。ソウルで英語を教えている独身のビリーがいた。今の現実と並行するもうひとつの世界では、暗闇のなかで母性に誘われるまま、悪夢にうなされた子どものために、あたたかいミルクを手に持っているビリーがいる。もう少しで現実になった無限のビリーは、失われたわけではない。向こう側にいて、手が届かなくなっているだけ。どこかほかの場所では、子どもから別の名前で呼ばれている可能性もある？　ここでは見えないけれど、鯉だってまだ泳いでいるのかも？　ビリーは目を閉じた。夜が周りで鼓動している。暗黒物質《ダークマター》が、自分という物質《マター》に語りかけてくるのを感じた。

背後から足音がした。子犬が吠えた——キャン、と短く呼びかけている。ビリーに気づいている。自分の家族として、彼女に挨拶していた。

THICKER THAN WATER

水よりも濃いもの

真夜中ちかくに、母からの電話。いつもならとっくに寝ている時間なのに。何か思い悩むことがあるのだろう。虫か幽霊が、眠れずにしつこくちょっかいを出してくるのか。一方、私といえば、ずっと夜の生きものだった。

いい加減になさい、と母の言う声が、電話を取るとすぐに聞こえてくる。お兄ちゃんと仲直りして。サンタフェでお父さんの遺灰を撒いてきて。お父さんの望みどおりに。

私は左の脇の下にできたニキビをいじる。昼間のうちに埋没毛のなかから顔を出していた。痛いけれど、まだ破裂するまでには至っていない。指を離すと、指は湿っていて、うっすら玉ねぎの匂いがする。シャツで指を拭く。

でもママ、仕事はどうすればいいの？　と私は尋ねる。ドッグウォーカーとベビーシッターという不定期な職に就いているから、仕事なんてどうにでもなるけれど。

ほんの二、三日なんだから、なんとかなるでしょ。電話の向こうにいる母の表情が目に浮かぶ。白髪まじりの巻き毛をスカーフで覆《おお》い、意を決した顔で、闇に包まれている。その言葉が祈りであると同時に、束縛であることも分かる。母は言う。セシリア、あまりに時間が経ちすぎたわ。お父さんは休息を必要としてる、と。でも、母の真意はこうだ。私たちみんなが、休息を必要としている。

母と話し終えた後、私は両手で電話を持ったまま、しばらく座っている。テレビから出るチラチラとした光で部屋が青くなり、そこに郷愁に満ちた重苦しさが寄り添う。兄は夜行性だ、私と同じ。この一年、兄のことは努めて考えないようにしていた。町の向こう側、私とは離ればなれで、眠らずにいる。でも、母が私たちを呼び出した。その電話から逃れることはできない。電話をかける。兄は二回目の呼び出し音で応えた。私を待っていたのだろう、私が彼を待っていたように。

ルーカス、と私は声をかける。その名前は、私の口に馴染まない。ちょっぴり酸っぱくて、でも蜜の味もする。ずっと呼んでいなかった名前。ママから今、電話が来たよ。兄はため息をつき、それは嵐の音に似ている。

知ってる、と兄は言い、私は黙り込んで、自分がまったく二番目の存在であることを認める――生まれた順番と同じで、このニュースを知る順番も。もちろん、母はまず兄に電話した。私は、説得を必要とするような子どもではなかった。

で？　やるつもり？

今から二週間後。四日間なら休める。それ以上は無理だ。

母の望みはロードトリップだ。あの土地をしっかり見てほしいから、と言っていた――赤土の丘に、兵士のようにそびえ立つサボテン――でも、兄も私も分かっていた。母は私たちに、小さな空間を共有してほしいのだと。和解するしか選択の余地がないように。兄はまったく気が進まないようで、明らかに不機嫌だ。幼い頃に兄妹で大喧嘩《おおげんか》していた頃よりも、さらに当たりが強い。私はつい焚《た》きつけてしまう。彼は自分の延長として生まれた存在だから。相変わらず偉そうな妹なもんで、と私は言う。車、出してね。

ルーカスは、私がひとりで住んでいる祖父母の古い家の私道に現れると、失礼なボーイフレンドみたいにクラクションを鳴らす。家のなかには絶対に入ろうとしない。サンタフェからタラハシーに祖父母と引っ越した父が、少年時代に住んでいたこの場所に。日差しがきつい以外、ふたつの土地には何の共通点もない、とサンタフェを愛する父はよく言っていた。私もときどき、廊下で父の存在を感じることがあった――遠くに立っている人影、微動だにせず、乾杯するみたいに、私に向けて片手を上げていた。早朝の日差しのなか、私は斜めに傾いた旅行かばんを腰に当てて、フロントガラス越しに兄を観察する。最後に会って以来、兄は髭を伸ばし、巻き毛を刈り込んで、短いフェードカットにしていた。虚栄心が強いから、手入れに抜かりがない。ガラス越しに見えるその顔は、追いつめられているかのように不安げで、その警戒した表情のなかに、私が求めてやまない何かがある。彼は美しい。私は前夜に髪を結って、今朝になって髪をほどき、顎《あご》のあたりで遊ばせた。それから超強力なデオドラントをつけ、目の下に咲きかけた紫のクマを隠すために、ファンデーションを塗った。彼には美しいと思われたい。罪のない存在だと。酷《ひど》いことをされても、赦《ゆる》す可能性を探れる人のように。

ルーカスは窓から顔を出し、先に話す。乗るなら早くしろよ。兄がトランクを開けると、私は彼のバッグの隣に自分のバッグを投げ入れ、助手席に滑り込む。まるで昔のよう、すべてが変わってしまったけれど。オレンジのランプがダッシュボードで光っている。エンジン警告灯。私はそれを指さしながら言う。辿《たど》り着けるかな?

まだノックもしていないのに、母はドアを開ける。私たちのために、茶色い紙袋に入れたランチを用意しておいてくれた――ハムとクラフトチーズのサンドイッチに、みかんをふたつずつ。居間で一緒にいる私たちを見て、ホッとしたみたいだ。ぎこちなく、黙り込み、お互いにそっぽを向いているというのに。家じゅうに、私たちの写真。埃《ほこり》は払われ、きちんと手入れされている。子どもの頃の私たちと、亀裂が入る前に撮った家族としての私たち――家族としてスタートし、いい時期もあったという証拠。ルーカスは、家族写真から顔をそむけた。

もう行かなくちゃ、ママ。長旅だからな、と彼は言う。察知しているからだ、私と同じように。母は私たちをこの過去に留まらせたいのだと。つれなさを和らげようと、ルーカスは母の頬にキスをする。

分かってる、と母は言い、ランチを兄に手渡す。それから向きを変え、私の腕のなかに、注意深く父を収める。テープで閉じられた陶器の骨壺。母が持っているなかでも、上等なスカーフで巻かれている。桃色のダリアをあしらった白いリネン。新生児ほどの大きさしかない包み。母は十字を切り、宙に向かって祈りの言葉を呟《つぶや》く。ルーカスとは違って、私はこれにキスしてさよならなんてできない。顔をそむけられない。これはアーロなのだ。私たちの父親で、彼は私のなかの至るところにいる。父は料理のしかた、タイプのしかた、足元を見ずに歩く方法を教えてくれた。いつだって的確で、私を子ども扱いしなかった。ものの名前を教えてくれた。死がある時はそれを死と呼び、夜に私を寝かしつける時には、私の耳元で「ポル・ラ・サングレ」と囁《ささや》くと、私が繰り返すまで離れようとしなかった。私がそれを信じていると、彼を納得させられるまで。私は父を愛し、恐れていた。良い娘はみな父親を恐れるべきだと、彼が考えていたように。

父を私の足元に置き、車が出発すると、ルーカスは別の方向に進む。

フリーウェイは逆方向だけど、と私は言う。

兄はギロリと睨《にら》みをきかせ、もう一か所、寄るところがあるんだよ、と答えると、しっかり支えてろよ、と骨壺を気にする。私は何も言わずに、骨壺をサンダル履きの足でしっかりと挟む。イメージが浮かんでくる。蓋が開いて、父の灰が車のなかに飛び散り、なくしたペンやパンくず、駐車券が転がった床の上に落ちてゆくところ。父の遺灰にまみれ、最寄りのガソリンスタンドに寄った私たちの表情。トイレの洗面台でうやうやしく顔を洗う姿。私たちのどちらかがコイン式の掃除機に二五セント硬貨を入れ、掃除機で父を吸い込んでいるあいだに、もうひとりは車に寄りかかり、バーベキュー味のフリトスをバリバリと食べるところ。アーロはしょせん、ただの大きな埃の塊《かたまり》にすぎない。私が声を上げて笑うと、気でも狂ったのか、と言わんばかりの目でルーカスは私を見る。もしかしたら、私は狂ってしまったのかもしれない。

灰緑色《グレイグリーン》に塗られた小さな平屋《バンガロー》の前に車が停まった。玄関の扉には網戸がついていて、絞り染めしたマンダラ柄の布がカーテン代わりにかかっている。ポーチには、古いパッチワークのソファと、ゆっくりと回るシーリングファン。ポーチの一端には牛乳箱に積まれた本が置かれ、土鍋に入った観葉植物《フィロデンドロン》が、まだらに当たる日光のなかで葉を伸ばしている。ルーカスが車のドアを開けたので、彼が家に入るつもりだと私は気づく。ここに住んでいるんだ、と気づく。私が知らない別の場所に。

時間、ないんじゃなかったっけ？　と私は尋ねる。

彼はもう車から降りようとしていた。別にここで待っててもいいぞ、と言う。

でも、興味がある。ルーカスの後を追ってコンクリートの短い階段を上り、ポーチを通り――ローズマリーとマリファナの匂い――そして家に入る。居間《リビング》は小さいけれど、驚くほど家庭的だ。風通しがよくて、安らぎと太陽光に溢《あふ》れている。ルーカスは廊下へと消え、私は味のある中古の家具や、壁に立てかけられた額入りのダリのポスターを見回す。どれも兄が持っていた覚えはない。ターンテーブルと、キッチンのカウンターに散らばったレコードを見て、少しホッとしたけれど、オレンジシャーベットみたいな色をした猫がテレビスタンドから様子見に飛び降りてきて、その小さな体で私の足首にまとわりつくと、その安堵感もすぐに消え去る。兄は猫が嫌いだった。

ルーシーっていうの。私が顔を上げると、そこにいたのは銀色の髪をした若い白人女性。さっきルーカスが消えていった廊下の壁にもたれかかっている。これですべて合点がいく――観葉植物、本、猫。この生協っぽい雰囲気。ちょっと考えれば分かったのに。女性が日なたに移動すると、なだらかな頬にうっすらと生えた毛が見える。光に照らされて、彼女の髪はラベンダー色になる。

私はあっと声を上げた後で、ギョッとしたと思われたり、失礼だと思われたりしないように、猫の名前はあの伝説的な赤毛のコメディアン、ルシル・ボールにちなんだのかと質問する。彼女の答え。ううん。悪い子だから、悪魔《ルシファー》にちなんでる。私はシェルビー。

私も自己紹介して、会えてとても嬉しいと挨拶したけれど、実のところ私が嬉しかったのは、兄がここに私を連れてきて、家に入れてくれたことだ。今後が期待できる明るい兆し。

私は心に決めた。家に入れてくれてありがとうって、ルーカスにお礼を言おう――出発したら。二人のあいだには距離ができ、すっかり他人になってしまったけれど――なんて考えていると、彼が再び現れる。その手にぶら下がっているのは、ハート目の絵文字がついた紫色のダッフルバッグ。私の視線は彼の顔からバッグ、バッグから彼女へと移る。ごめんね、と彼女は不ぞろいな歯を見せて私に言う。私、外で待ってることになってたのに。

友人が猫に餌《えさ》をあげられるよう、二人は緩んだ床板の下に鍵を置く。シェルビーは助手席に向かって歩く。悪気はなくて、ただの習慣だということは分かる。無意識に座ってしまう助手席。ガールフレンドの特権。ルーカスが彼女のバッグをトランクに入れているあいだ、私はそばに立ち、唇を読まれないように顔をそむける。

これじゃあ、ママの意図と違う、と不快感を強調した声で私は言い、ルーカスはトランクの奥のほうまで体をかがめる。車出せって言ったのはそっちだろ。それが彼の答え。俺の車で行くなら、俺の掟《おきて》でやらせてもらう。そう言われると、こちらは反論できない。この掟に交渉の余地はないのだから。全員がシートベルトを締め、エンジンがかかると、シェルビーはくるりと後部座席のほうを向き、私に父の骨壺を差し出す。契約を交わそうとするかのように。車のなかの雰囲気は、それほど神聖に感じられる。

お父さん、安らかに、と彼女は言い、私は父を受け取る。しばらくして、私は父を右隣の席に置き、シートベルトも締める。こうすれば、ルーカスがバックミラーで道路を確認するたびに、必ず目に入るだろう。

＊＊＊

シェルビーは言い逃れしない。私がそれに気づいたのは、この旅のために仕事を休めてラッキーだったね、と声をかけ、職業を尋ねた時だ。車は州間高速道路一〇号線を走り、フロリダのパンハンドル部〔フロリダの細長く延びたエリア〕を西に向かう。窓の外には、何の変哲もない畑が広がっている。

　足フェチ向けのモデルやってるの、とシェルビーは答え、私はそのバラ色の小さな足指をまじまじと見つめる。ダッシュボードに載った彼女の足。フロントガラスについた古い汚れは、抽象画みたいだ。彼女の爪は、鮮やかな萌黄色《アシッドグリーン》に塗られている。いつもとは違う色。お客さんには、フレンチネイルやセクシーな赤のペディキュアが人気だ。友人の従姉妹に誘われて始めたけれど、売れっ子になって自分のサイトを立ち上げたという。シェルビーは自分の仕事を詳しく教えてくれる――お客さんが好むストッキングのブランド、提供しているサービス内容、アーチが高い土踏まずでルーシーの毛を撫《な》でる彼女を見るためだけに、人がいくら払うか。「くさい足」というサービスについても説明してくれる。

　ええと、長いランニングから帰ってきて、わあ、足がすっごく疲れちゃった、汗びっしょりって言いながら、仰々しくシューズとソックスを脱いでみせるの。ソックス、飛ぶように売れるんだから。普通のサービスも提供しているという――レースとか、レザーとか、「ベイビー、あなたとしたい」とか。ただ、足を多めに使うだけ。

最高だよ、と彼女は頷《うなず》きながら言う。家賃も払えるし、働く時間も自分で決められるし。それに、可愛い靴も手に入るし、ペディキュアだっていくらでもできる。アマゾンの「ほしい物リスト」に入れておけば、お客さんが買ってくれるから。

兄がこれをどう思っているのかを確かめようと、私はバックミラーに映る彼と目を合わせようとするけれど、彼は断固としてこちらを見ない。横顔からは何も分からないけれど、彼の右手はシェルビーの腿《もも》の上からまったく動いていない。仕事は？ という彼女の問いに、基本的には糞の処理をする仕事、と私は答える。人間と動物の赤ちゃんと遊ぶの。すると彼女は、すごいね！ と返す。本心から言っているかのようで、私は兄の彼女を好きになっていることに気づく。

ドライブも二時間目に入ると、シェルビーは座ったまま後ろを向いて、私だけに話しかけていた。ルーカスは会話に加わる必要を感じていなかった。彼女の心遣いのおかげで、私は後部座席の子どもみたいな気分にならずにすんでいる。さらに分かったのは、シェルビーがウィキペディアやレディットのチャットルームから集めた興味深い事実など、いろんな雑学を提供してくれるということ。ワイン醸造、メタンフェタミンの化学組成、『リアル・ワールド：キーウェスト編』の出演者たちの近況、ローマカトリック教会の黄金期の建築について。シェルビーは問いかける。すべての生命の起源がアフリカにあるって話、もちろん聞いたことあると思うけど、その意味を考えたことはある？　最初の神々も黒人だった、とかさ？

会った時から、この質問をしたかったのだろう。自分は味方《アライ》だって、私に分かってほしいのだろう。ルーカスとは、フェチで付き合っているわけではないと。私に良いところを見せたいのだ。そんなに頑張らなくて大丈夫、と彼女に言ってあげたい——ルーカスも私も、白人が大多数を占める学校制度のなかで、物珍しい扱いを受け続けてきたから、白人パートナーなんて、これが初めての話じゃない。アライの証明として、長年にわたって私たちが聞いてきたバカげたこと——黒人の親友がいる、スペイン語文学でA＋の成績を取った——をすべて話してやりたいけれど、彼女は私に優しかったから、調子を合わせてあげる。ゾラ・ニール・ハーストンの言葉を借りた、私の答え。神々には、それを創り出した人々が映し出されるからね。シェルビーは、この引用を理解できない。私は彼女のことをもっと尋ね、自分が最近何をしていたかを話す。まるで、旧友同士が近況報告をしあうように。シェルビーに向かって話しているけれど、頭のなかではこう考えている。彼女はルーカスと私の媒介者で、彼が耳を傾けるメッセンジャーを通じて、彼の知らない私の近況が伝えられているのだと。

三人とも鉄の膀胱《ぼうこう》の持ち主で、しばらく休憩はしない。ミシシッピ州に入ると、ルースデール郊外でハイウェイを降りて、薄暗いガソリンスタンドに立ち寄る。聞いたことのないガソリンスタンド・チェーン。みんなで車を降りて、スナックを買ったり、足を伸ばしたり。

シェルビーと私はトイレに行き、ルーカスはカウンターでガソリン代を支払う。レジ係の男は私たちに視線を投げる。カウボーイみたいな髭を生やした口元が、引きつっている。彼は何も言わず、ただ兄の金を受け取るだけ。私はトイレの個室に入り、色褪《あ》せた便座にしゃがむと、とうとう好奇心が嫌悪感を上回り、壁を隔ててシェルビーに尋ねる。兄とは、足フェチのサイトで知り合ったの？

うぅん、違うよ、とシェルビーは笑いながら言う。彼女がお尻を拭き、水を流す音が聞こえる。私、リアルでは絶対お客さんに会わないから。兄の友人がＤＪをしていた目抜き通りの大学生クラブ、フロイズで二人は出会い、父が亡くなる直前に付き合い始めた。シェルビーによれば、ルーカスはときどき顔を出さずに彼女のヴィデオに登場し、彼女に何かしたり、させたりしているという。私は質問するのをやめて、自分から話す。そうすれば彼女が黙るから。ルーカスはまったく嫉妬《しっと》深いタイプじゃなかったよ、と彼女に言う。父の愛情に関することと以外は、確かにそうだ。薄められて香りのなくなった石鹸で手を洗っていると、シェルビーが訊く。あなたはどうなの？　誰か特別な人は？

特別、の定義は？　と、私は冗談めかして言う。ファンデは崩れていないし、髪の毛もまだ乱れていない。たぶん彼女は、私がクールで衝動的で、次々と相手を変えるタイプだと思うだろう。父が病気になる前から、真剣な恋愛はしていない。その時でさえ、私は相手に全力を注ぎたくなかった。人を愛するためには、自分をさらけ出さなきゃいけないし、ある程度の柔軟さが必要になる。でも私は、自分を変えられたり、自分を消し去られたりする可能性に、心躍らなかった。鏡で自分の姿を見ても、アーロの疲れた顔しか見えない——母と喧嘩した後のやつれた、浮かない表情。父と私は二人きり、居間にいる。夕暮れどきで、私の髪には琥珀《こはく》色の光が射し、私は父の足元で人形遊びをしている。私は六歳で、幸せ。父は私の顎を摑《つか》んで言う。できることなら、君と結婚するのにな。

シェルビーがいわくありげに声を潜める。

オーケー、ひとつ教えてあげる。人が惹《ひ》かれ合うのって、化学物質がすべてなの。私たち、動物と同じだから。人間は尿や汗にフェロモンを分泌していて、意識していなくても体が反応してしまう、と彼女は説明する。だから私、軽く運動して綺麗な汗をかいたところで、エッセンシャルオイルをさっと吹きかけつつ、自分の匂いはそのまま残しておくの。ほら、嗅いでみて。彼女が私に手招きして腕を上げると、自分でも驚いたことに、私は彼女の白く滑らかな脇の下に顔を近づけている。柑橘系の香りの下に、塩素とセロリを混ぜたような匂い。良い匂いではないけれど、おそらく不快でもない。

こうやって、あなたのお兄さんも手に入れたんだよ。シェルビーは私にウィンクして、細い髪を振り払う。その髪は液体のように動いて、輝いている。

覚えておくね、と私は彼女に言う。今聞いたこと、聞かなかったことにできたらいいのに、と思ったけれど、彼女の告白で私たちのあいだに忠誠心が生まれた。トイレから出る時、シェルビーは腕を組んできたけれど、私はそのまま受け入れる。

車に戻ると、兄はエアコンをつけて、シェルビーに視線を送る。

遅かったな。あの店員に撃たれるかと思ったよ。

ごめんね、ベイビー、とシェルビーは言い、炭酸水の缶を開ける。ルーカスに缶を渡して一口飲ませると、今度は母が用意してくれた紙袋のなかに手を入れ、みかんを取り出す。皮をむいて四つに割り、ルーカスの唇のあいだにみかんを運ぶ。鮮やかな果汁が彼の顎に飛び散ると、シェルビーはそれを拭き、それからぼんやりと自分の指を舐める。こうしたくつろいだ親密さに当てられて、私は窓の外を見つめる。サンドイッチ、ひとつ食べる？　まるで自分のものであるかのようにシェルビーは訊いてくるけれど、私は返事をしない。考えごとに没頭していたから。自分の体をありのままに受け入れて、体から出る匂いを隠そうとするどころか、その匂いで利益を得るって、どんな感じなんだろう、と。

私はずっと自分の匂いに怯《おび》えてきた——私を咎《とが》め、私に悪事を企むのではないかと。匂いを嗅ぎつけて、どんな悪が近づいてくるか、母は早くから私に教え込んでいたけれど、悪の詳細を明かすことはなかった。母の話によれば、その悪とは飢えた影で、向こう見ずな少女を食い物にするという。私が知っていたことは、父から教えられたことだ。ナショナル・ジオグラフィック・チャンネルでは、画面上で二頭のライオンが唸《うな》り、雄が雌の首に噛《か》みついていた。アーロは指を差し、その乾いた声が私の耳元で響く。彼らはセックスしてるんだ。痛そうだった。怖かった。不快だった。これが母の言う「悪」だった。

自分の姿が見える。一四、五歳で、バスルームのなか、蓋を閉じた便器に腰をおろしている。下着は足首のあたりで絡まり、綿の股当て部分には、大さじ一杯くらいのべっとりとした、黄味がかった白い塊。ときどき、真珠のような光沢のある塊も出てきた。鼻を近づけると、卵の匂いがしたり、何の匂いもしなかったり。折しも、学校の男子が私のぎこちない誘惑に応え始めたところだったから、私はこの塊が普通のことなのか知りたかった。母をバスルームに呼んだけれど、彼女が入ってくると、目を合わせることができない。もう分かっている。私の股のあいだにあるものは、奇怪な形をした罪びとで、隠すべきものだと。それでも私は立ち上がって母と向き合い、片手で下着を差し出し、もう片方の手で割れ目を開く。

これ、大丈夫だと思う?

母は口をゆがめる。あの時ですら、私は彼女が失礼だとは思わなかった。

大丈夫よ、と母は言い、すぐに出て行く。既に私は恥ずかしい思いをしていたから、これ以上恥をかかせたくなかったのだ。

ルーカスは切りのいいところまで運転すると言って聞かず、半分ずつ運転するというスケジュールを一時間延長する。窓の外に見える昼の景色はぼやけていて、面白味がない。空はやがて赤くなりはじめ、くすんだオレンジ色に染まる。テキサスに着く頃にはシェルビーもようやく喋《しゃべ》り疲れ、今は助手席でいびきをかいている。これでいい。これなら、兄の沈黙をきちんと読み取ることができる。時間が経つにつれ、それは音楽のように変化し、深みを増してゆく。敵意は和らぎ、迷いが増している。私が忍び込める空間のように。

九時頃、ダラス郊外でモーテル6を見つけ、ルーカスは隣同士の部屋をふたつ取る。車に戻ってくると、助手席のシェルビーに身を乗り出し、耳元で何かを囁きながら、彼女が目を覚ますまで優しくつつき、はにかんだ満足げな笑みを浮かべている。私はみんなの荷物をモーテルのなかに運ぶ。私にとっては、父も荷物の一部だ。部屋はじめじめして薄気味悪かったけれど、モーテルなんてこんなものだろう。私は古びたブラウン管テレビの横に骨壺を置く。

外で再集合すると、シェルビーは言う。お腹すきすぎ。みんな空腹だ。何時間も前に、母が作ってくれたサンドイッチと残りのみかんを分け合っていた。通りの向こうのハンバーガーショップで、ダブルバーガー、トリプルバーガー、特大のフライドポテト、シェイクまで、まるでお祝いのように注文する。すべてをルーカスの車のボンネットの上にのせて、黄色い月が瞬くなかで一緒に食べる。ルーカスと私はコンクリートの縁石に座り、彼がコーヒー缶に隠しておいたマリファナを巻紙で太く巻くと、私の胸は躍る。兄はハイになると、優しくなるのだ。

ホワイト・グレープ？　私は巻紙を指さしながら尋ねる。私たちのお気に入りだった。

それ以外、ありえないだろ。

彼は巻紙を舐め、ライターで火を点け、マリファナに火が回ると、私に手渡す。最初の一口は、風のように私の体中を駆け巡り、私はできる限り長く息を止める。甘いジャコウのような香りを吐き出すと、私たちの頭上で夜が開き、自然のままで、耳を澄ましている。私たちは小さくなるまでマリファナを吸う。すべてが良い感じ――ハンバーガー、おんぼろモーテル。私たち自身も。私はシェルビーに目をやる。ボンネットの上に足を組んで座る姿は、装飾品か占い師みたい。青白い腹部の肉が、デニムのショートパンツのウエストバンドの上で折り重なっている。彼女には、恥じるところがない。彼女は私に微笑みかけ、兄のほうに頭を傾けると、兄に話しかけるよう私を促す。

私は言う。砂糖アリ《シュガーアント》が甘いって私に言った時のこと、覚えてる？　それで私、食べちゃったんだよね？

ルーカスはくすくすと笑い、その体は笑い声で緩む。

ほんとにお前、アホだったよな、と彼は笑みを浮かべながら言う。ママはガチギレしてた。父はもっと怒っていて、私の腫《は》れあがった口を見て、深刻な面持ちになった。私の額にキスをしてから、革のベルトを外しながら兄を探した。ルーカスの前で、これには触れないけれど。

今度は兄の番。アブエラ《おばあちゃん》が俺たちのこと、ペケーニョ・チュチョってずっと呼んでたの、覚えてるか？　ただのニックネームだと思ってたら、メキシコ人のいとこたちが、「雑種犬」って意味だって教えてくれて、お前は泣いたんだよな！

二人で泣いたんでしょ、と私は言い返す。でも、あの年のイースターで、犬の真似したんだよね。遠吠えしたり、家具に向かって足をあげておしっこする真似したり。アブエラ以外はみんな面白がってたの、覚えてる？　アブエラは傷ついたって、ママは言ってた。

覚えてる。覚えてる？　覚えてる。市民プールの黒いヌママムシ。体育の先生の付け眉毛。

リナ・クロスビーと、キラキラしたピンクのTバック。この部分は容易《たやす》い。時間が開き、もっと単純だった過去に私たちをやすやすと吸い込んでゆく。お互いを嚙《か》んだり引っ搔《か》いたり、殴ったり蹴ったり、騙《だま》したりからかったりしたけれど、それでもルーカスと私が並んで眠りについていた頃。シェルビーは耳を傾けている。その存在は、鶏の卵のように静かだ。

ルーカスが前の話でまだ笑っている時に、私は尋ねる。パパが屋根の上にプレゼントを置いた年のこと、覚えてる？　私たちがサンタのために窓を開けておくのを忘れたからって。うちには煙突がないんだから、窓が開いていなければ、サンタはうちを飛ばして次の家に行くって、パパは言ってた。ルーカスは黙り込み、私は畳みかける。覚えてる？　目を覚ましたら、ツリーの下には何もないから私たちは泣きだして、するとパパが屋根に上って、そこにはプレゼントが全部、ビニールのずだ袋のなかに入ってたんだよね。あの年、私たちはサンタを信じた。兄は何も言わない。

夕ご飯の後、パパがポーチでママに歌ってたの、覚えてる？　私たちを寝かしつける時も、歌ってくれた。

反省した時だけ歌ってたんだ。

違うよ、私たちを愛してたからだよ。

俺とお前は記憶のしかたが違うんだよ、とルーカスは言い、記憶がそれ以外の方法で機能すると思っていることに、私はカチンとくる。

でも、「ポル・ラ・サングレ」は覚えてるでしょ、と私は言い、その言葉を腐った餌のように彼の前でぶら下げる。ルーカスはハンバーガーの包み紙をアスファルトに投げつけ、私のなかの醜《みにく》い一面は、彼が自分の失敗を覚えていて、その記憶に悩まされていればいいのに、と願う。

それ、どういう意味？　シェルビーの質問が、驚いたネオンフィッシュのように、私たちのあいだに飛んでくる。

要するに、血は水よりも濃いってこと、と私は彼女に答えながらも、星を見上げるルーカスから視線を外さない。

シェルビーは足首のかさぶたを引っ搔き、その声は一オクターブ高くなる。それ、間違えた引用だって意見もあるんだよ、と彼女は言う。実際の言葉は、「誓約の血は子宮の水より濃い」なのかもしれないって。これだと、一般的に使われている意味とは逆になっちゃう。彼女によれば、アラビア語の言い伝えでは、もっとおかしなことになっているという。「血は乳より濃い」と言うそうだ。

とはいえ、ルーカスも私も彼女の話を聞いてはいない。兄は私を避けるように体を遠ざけ、私はもう立ち上がっている。自分の目がギラギラと光っているのが分かる。体の周りに渦巻く張りつめた怒りは、市民プールに出たあの蛇みたいに黒い。ルーカスにもうひとつ思い出を語りたかった。彼の痛みを和らげられる、何か良いことを——でも、私は舌を嚙まれたみたい。言わなくていいことを言ってしまう。

最後に病院で会った時のパパの姿、覚えてる？　ルーカスも立ち上がり、夜は縮まって、私たちを閉じ込める。ルーカスと私の体は触れていなかったけれど、それでも彼の体の震えを感じる。私は彼の反応を使って、コウモリみたいに自分の心の在処《ありか》を確認する。激しい感情が入り混じるけれど、ありがたいと思う——これほどまでに憎むためには、どれほどの愛が必要なことか。

覚えてる、とルーカスは威圧感のある低い声で答え、私たちはお互いのあいだで思い出を映し出す。たくさんの管に繫《つな》がれた父と、絶対に話したくないと去っていくルーカスの姿。ルーカス、最適なドナー。私は兄を追って眩《まぶ》しすぎる廊下を走り、その腕を握りしめる。思い切り自分のほうに引っ張ると、彼の手は拳を作っている。私は彼を摑む。お願いだから、と私は必死に頼み込む。お願い。出来の悪いテレビ映画のワンシーンだけど、誰も反応する人はいない。ここでは、これが普通だから。私たちの周りに人々がうねるように押し寄せる。まるで彼らが川で、私たちが悲壮な石のように。お願い。ポル・ラ・サングレ。私を見るルーカス。彼の静かな憤怒の裏には、紛れもない憐憫《れんびん》が潜んでいる。彼は尋ねる。あんなにいろいろあったのに、そんな言葉、どうして信じられるんだよ？　私はその答えを知ってしまわないように、自分の人生からルーカスを締め出さなければならない。

さあ早く、みんな疲れてるんだから、とシェルビーは言い、今度は彼女が兄の腕を引っ張る。これで二人の回想は終わり、今夜は求めるものが手に入らないだろう、と私は悟る。シェルビーはゴミを集めて脂じみた紙袋のなかに入れ、ルーカスと一緒に部屋に戻ろうとする。父は水泳にドミノ、蟹《かに》のはさみから肉を取り出す方法を教えてくれた。父は私の部屋で待っている。

パパから何を教わった？　兄の背中に呼びかけると、彼は足を止める。ルーカスは私を見て一言。男らしくないふるまい。

部屋に戻ると、壁越しにルーカスとシェルビーの柔らかな物音を聞きながら、私は兄妹を救えたはずの記憶を呼び起こす。ルーカスと私が小さかった頃、両親が彼の髪を切る前のこと。黒い巻き毛と大きな黒い瞳で、絡み合う二人。私たちはドッペルゲンガーで、性別もなくて、完全な存在。肩にシーツを巻いてキッチンの戸棚に入り、胎児の真似をして、ずっとお腹のなかで一緒にいるかのようにふるまう。

朝になると、私の運転で出発だ。ルーカスは二日酔いみたいに手で目を覆いながら助手席でうなだれ、シェルビーは後部座席で骨壺を腿のあいだに挟んでいる。ようやく砂漠が現れた。目が覚めるような空の青は、殺風景な道路と対照をなしている。沈黙こそが、ここではふさわしいように思える。途中停車して、包みに入ったペストリーや薄いコーヒーを買い、給油する。私たちは進む。途中停車して、用を足したり、足すふりをしたり。ひとりになる時間が欲しいがばかりに。さらに進む。誰も何も言わない。あまりに何も言わないから、私たちはは ち切れそうになる。

州間高速道路四〇号線を走行中、ワイルドラドを過ぎたあたりで、シェルビーは運転席と助手席のあいだに身を乗り出し、フロントガラスに向かって指を矢のように突き出す。危ない！　と叫ぶ。私は右にハンドルを切り、道路にあるものを避けて大きく曲がる。路肩にぶつかると何かが弾け、車はよろめき、ブレーキは軋《きし》み、砂の上を滑ってようやく止まる。周囲には、舞い上がる砂埃。

え、何⁉　ルーカスは私と同時に声を上げる。私はイグニッションから鍵を抜く。私たちはダメージを確認しようと、車を降りる。

シェルビーが悲しそうに言う。コヨーテだった。

ルーカスは右前輪のところでしゃがみ込む。パンクしたんだと、兄に訊くまでもなく分かる。

困ったな、と彼は両手で頭を抱えながら言う。

どうして出発前に確認しなかったの？　ダッシュボードで光っていたオレンジ色のランプを思い出しながら、私は彼に尋ねる。俺には何の関係もないだろ。お前がぶつけたんだから。

私はシェルビーを一瞥《いちべつ》する。既に死んでいるものを避けようとしなければ、路肩にぶつかりはしなかったのに。

ごめんなさい！　とシェルビーが言った瞬間、ルーカスは唸る。彼女を責めるな。

はいはい、分かったよ、と私は返す。タイヤを替えて、早く行こう。太陽は私たちをこんがりと焼き、私たちの最も卑しい部分まで露《あら》わにさせようとしている。髪の生え際と上唇に汗。今日の私は、美しくない。

スペアがないんだ、とルーカスは呟く。

え？　スペアなしで長旅するヤツがどこにいんのよ！　私は叫び、私たちは戦闘態勢に入る。触れそうなくらい近くまで、顔を突き合わせる。もう少しで触れてしまう。

俺は母さんのためにやってるだけだ。そもそも、こんなところにいたくねえんだよ！　と彼は私に言う。

あんたが行動していたら、こんなところにいなくて済んだかもしれないのに！

この言葉が、雷を集めるような類の静けさを生み出す。

ルーカスはさらに身を乗り出して囁く。忘れたふりができねえヤツもいるんだよ。あいつがしたこと、お前があいつにされたこと、それにお前が向き合えないからって――

私は彼の顔を引っぱたく。思い切り、本気で。殴った痛みで私の手のひらはあたたかくなり、私の体に歓喜が広がってゆく。どんなに乱暴でも、この身体的な繫がりこそ、私が待ち望んでいたもの。私が恋しく思っていたものだ。

シェルビーは、私たちをお互いから庇《かば》うように、あいだに割って入る。でも、彼女が両手を広げて私に向き合った時、私ははっきりと理解する。彼女が何のあいだに立ち、どこに線を引いているか。二人とも落ち着いて、とシェルビーはきつく言い放つ。さっきまでのか弱さは、露と消えている。兄と私は息を切らし、ショックを受けている。兄と私という別々の皮膚では、この接触《ピンタ》の解釈が異なることは、私にも分かっている。ルーカスは、拳で宙を切る。

もう知らねえよ。サンタフェに行きたいか？　それならバス停で降ろしてやる。

いい加減にしなよ、とシェルビーはルーカスを注意し、自分の携帯電話を見てから、彼の電話も確認する。圏外だね、と深いヨガの呼吸。一緒に深呼吸しようなんて言われたら、私はキレるだろう。でもその代わり、彼女はルーカスと一緒にワイルドラドまで歩いて戻ると話す。それほど遠くはない。車で待ってて、と彼女は私に頼む。ルーカスと私は賛成も反対もしていないけれど、私は車のドアを勢いよく開け、ふてくされて後部座席で体を伸ばす。シェルビーはグローヴボックスを探り、私の膝《ひざ》の上に何かを放り投げる。ポケットナイフ。念のため、と彼女は告げ、ルーカスと去っていく。

暑さと疲れにやられた私は、たわんだ屋根を見つめながら、瞬きして絶望の涙を堪《こら》える。今、私は父と一緒。二頭のライオンが、黄褐色の草むらで交尾をしている。寝室の灯りは消えていて、ライオンが目に眩しい。私は六歳で、私の周りには暗闇が延々と続いている。影のなかで、父は変身する。ただのアーロに。近づいてきた彼の大人の香りに、私は圧倒される。彼らはセックスしてるんだ、とアーロは私に言う。その手は私のお腹の上で、乾いた熱を放つ。彼がそう言った時、言葉にできない何かが、子宮のように私を包み込む。彼の手はじっとしたまま、意識を持ち、鼓動している。私は良い娘――彼を愛し、恐れている。私も彼の手のようにじっとしているけれど、それでも暗闇は、私を飲み込む。

私はこの記憶から這《は》い出して、車のなかに戻る。少なくとも、ここには光があるし、アーロはただの灰だ。ただの父親。ルーカスは虚勢を張っているだけだろう。シェルビーが説得してくれるはず。

　二人はタイヤを持って戻り、私たちは旅を続けるだろう。私たちは両親の望みを叶えるだろう。でも私は、立ち上がって車を降り、骨壺を開ける自分の姿を思い浮かべる。抑えた咳みたいに舞い上がる、小さな埃。私はさらに想像を膨らませる。父の細かい遺灰を漁り、骨の塊を摑んで自分の舌の上に置き、その砂粒に舌がたじろぐ。彼を歯で嚙みしめながら、私は骨壺を傾け、父を解放する。落ち着いて休むことのできないほかのものたちと、父がこの侘しい道をさまよえるように。

　後部座席で体を動かす。ビニールシートが肌に張りつき、私は骨壺を倒さないよう気をつける。シャツは脇の下のあたりで湿り、黒い斑点がふたつの目のように大きくなっていて、自分の匂いがする。根菜。土。濁った匂い。私は自分の香りの奥底に沈み、そこでじっと動かず、匂いを好きになろうとする。でも、その匂いはあまりに親密すぎて、私はいつものように嗅ぐのをやめる。私は飛び起きて、センターコンソールのなかからファストフード店のナプキンを探し出し、悪臭を拭きとる。窓の外では、小さな点になったシェルビーとルーカスが、地平線のなかに溶け込んでゆく。こちらに向かって歩いてくるのか、こちらから遠ざかっていくのか、見分けがつかない微妙な距離だ。

EXOTICS

悪食家たち

会員たちは内々でそれを「サパークラブ」と呼んでいた。私たちにとって、それはただの「し・ご・と」だ。彼らも私たちも、建物の外では誰もそれについて話しはしなかった。街の中心部にある歯科医や税理士事務所のような、薄茶色のレンガを使った地味な建物にひっそりと佇むそのクラブは、超富裕層のみしか入会を許されない。私たちは入れない——入りたいわけじゃないけど、と私たちはよく言っていた。漆黒、褐色《かっしょく》の肉体の労働と死から金を儲《もう》け、数世代にわたって受け継いだ巨万の富を父親から譲り受けたとしても、私たちのなかに、こんなにも悪趣味な贅沢《ぜいたく》に加担したいと思う者はいない。私たちはただ、クラブを掃除するだけだった。

私たちはその仕事を受けた。もちろん、受けるに決まっている。私たちは、食料、住宅、医療という生きていくためのニーズを持つ市民だ。子どもたちにも欲しいものがあり、親としてはそうした欲求を持つことを許してやりたかったし、時にはその望みを叶えてやりたいと思っていた。私たちは多くを求めてはいなかった。会員に比べたら、はるかにささやかな望み。ただ、人間らしい生活がしたいだけ。となると、現金払いのこの仕事は最高だった。

月に一度、会員は豚や犬、猫といった動物のお面を被って夜間に集まる。目を隠し、口の部分を開けた、精巧な半仮面だ。タルトチェリーのワインを注ぎ、新しい布ナプキンを運び、落ちたスプーンを新しいものに替えながら、私たちは観察した。生ガキを飲みこむセイウチ。トーストにマーマレードを塗る大きな目の牛。ゴールドのドレスを光らせながら、ピンク・シャンペンを床にこぼすクジャク。私たちは綺麗に片づけた。テーブルクロスについたパンくずを払った。私たちのなかには、コースの合間に皿を下げながら、リボンのように美しく飾られたソースを指でなぞったり、料理の食べ残しをそっと手のひらのなかに入れたりする者もいたかもしれない。でも、それを目撃したとしても、私たちは知らん顔をした。どの夕食会でも、私たちは顔を晒《さら》したままだった。会員たちは私たちのことを知りたがっていたけれど、私たちを無力な者として扱った。自分たちに力があるなんて、私たちは思ってもいなかった。彼らは私たちを空気扱いして会話していたので、私たちは彼らの世界観をつぶさに知るようになった。ある夜、フグのセビーチェを食べながら、ジャッカルが言った。「アメリカの独立なんて、自由のための革命じゃない。王を増やしたかっただけだ」

彼らは王様だから、みんな笑った。

サパークラブはエキゾチックな肉を専門としていた――ダイニングテーブルは高いステージの上に置かれ、食べること自体が芸術だった。詰めものをしたアリゲーターとダーティライス、エミューのラズベリーソースがけ、ボリュームたっぷりのアナコンダ・シチュー、みんなでプライド・ロック直送だとジョークを飛ばしていたライオンの厚切り、といったメインディッシュに、会員たちは舌鼓を打った。彼らはズアオホオジロなんてもう古いと言っていたけれど、小さな鳥の体が、ナプキンを重ねて隠された口元に消えていくのを、私たちは目撃していた。だらしなく咀嚼《そしゃく》する彼らの口からは、繊細な頭蓋骨がバリバリと砕かれる音が聞こえた。会員は宝石をまとった動物で、下級な動物を食べていたのだ。私たちはお互いに目配せしながら、嫌悪感を伝えあった。私たちは、食べ物を準備したわけでも、選んだわけでもない。もちろん、彼らに給仕はした。自分たちの仕事をしただけだ。子どもたちの食べ物と住処を確保するために。一月、二月、三月、四月、五月と、私たちは会員たちが貪《むさぼ》り食う姿を見ていた。彼らが指についた贅沢な肉汁を舐めているあいだに、私たちは何も書かれていない封筒を受け取った。

一一月、会員たちは叫んだ。来月は、前代未聞の肉にしなくては！　もっと大きくて、もっと良いものを！　私たちには、それを食べるだけの価値があるのだから！　いつだって、彼らはその月の夕食を終える前に、次の月の夕食を考えて、舌なめずりしていた。パンダは、夫の水牛《バッファロー》が座っている椅子に腕をもたせかけて言った。クリスマスには、何か本当に特別なものを食べましょうよ。絶滅危惧種なんてどうかしら。私たちだけが味わえるものを。

最後の晩餐の夜、私たちがクリスタルの脚つきグラスをテーブルに並べ、アーチ型の入口にヤドリギの花綱を飾っていると、キッチンから眠そうな泣き声と、シェフのシーッという声が聞こえてきた。子守唄が聞こえてきた。私たちが幼い頃に聞いていて、今では子どもたちに歌っている唄だ。骨の髄まで染み込んでいるメロディー。私たちは憤りを感じた。怒るに決まっている。こんなこと、望んでいなかった。容認したわけじゃない——でも、私たちに何ができる？　テーブルに料理を運ぶと、性的な興奮にも似た吐息が聞こえてきた。一歩下がって、目を伏せる。せめて見なければ、知らないふりはできた。彼らの銀食器は、部屋中に優雅な音楽を響かせた。

マイ・ゴッド《まあ、これは》。口に両手を当てながら、カナリアが囁《ささや》く声が聞こえた。私たちは知っていた。できることなら、彼らは神《ゴッド》だって食べるだろうと。

その後、床が拭かれ、テーブルが片づけられ、皿が現れ、カトラリーが磨かれて、クラブの姿が跡形もなくなると、私たちは現金をもらう列に並んだ。裏口から出る時、一年間の献身的な奉仕を讃えるボーナスとして、全員に白い袋が配られた。メリー・クリスマス、とシェフは言った。ボナペティ《召し上がれ》。私たちは袋を受け取り、コートの下にしまった。誰も何も言わなかった。何を言えるというのだろう？　駐車場で、それぞれが中古の車に乗り込む。お互いの視線を避けながら、私たちは肩をすくめた。弁解をした。そしてみんな、こんなことを思っていた。私たち、昔からずっと若者を食いものにしてきたでしょう？

AN ALMANAC OF BONES

骨の暦

学校帰りのバスのなか、キットがポラロイドを見せてくれた。おじいちゃんの農園の裏にある森で撮った写真——黒い土のなかに消えてゆく、枝みたいに太い木の根。すべてに苔が点在している。地面に落ちた松葉。趣味で絵を描く人々が大喜びしそうな夕明かり。頭蓋骨は葉のなかに半分埋まり、キットと同じ大きさの影が、フレームの端を横切っている。もう一枚の写真では、頭蓋骨は掘り起こされ、彼女の手が頭蓋骨の上に置かれている。写真にうつる彼女の爪は濃いオレンジ色。今は少し剝《は》げているネイルが、写真のなかではつやつやと完璧に整っていた。バスは揺れながら進み、私たちの体は優しくぶつかり合った。

通路の向こう側では、八年生の二人がキスをしていた。バスの運転手に見えないよう、二人とも前かがみになっている。男子の手は見えなかった。たぶん女子の腰のくびれのあたりで、シャツの下のピンクがかった肌をなぞっているのだろう。私は二人の頭上に吹き出しを浮かべ、二人の考えていることを想像してみた。彼：俺、すっげえクール、彼女：クールに見えるといいな。見ないふりをしながら彼らを見つめる。キットも見ないふりをしながら二七まで数えたところで、二人は唇を離した。

「シルヴィー、これは何の動物？」カップルがキスを終えると、まるで私が話すのを待っていたかのように、キットは質問した。

私は頭蓋骨を観察した。下顎《あご》はなく、右眼窩《がんか》の半分が欠けている。歯は見事なまでにギザギザで、折れているところもあり、頭は魚雷の形をしていた。いつだってワクワクしてしまう。生物が肉体を脱ぐと、どれほど不思議なものに見えるか。火星人かもしれないし、猛禽《もうきん》類のヒナの頭かもしれない。もっとデータが必要、と私はキットに言った。

「うちにおいでよ」と私は言い、私のバス停でキットも一緒に降りた。

からりと晴れた秋の日、空は高く澄んでいた。私の家までは、未舗装の道がずっと続いていて、草原と小高い土地（フロリダではこれでも丘として通用する）に囲まれていた。私は両腕を脇にぴったりとつけたまま、丘を転がることもあった。ここよりも大きな場所へと向かう、止まらない車輪のように。私とキットは家に入って、玄関口にバックパックを置き、肩を伸ばして学校での一日を払いのけた——みんなの前で間違えた代数の問題。白いシャツの上にこぼしてしまったピザソース。私たち以外のクラスメイトにキスをする男子たち。祖母は、キッチンで待っていた。

「シルヴィー」と呼ばれた私は、キットとキッチンに入り、中央の調理台に座った。ツナサンドと、背の高いグラスになみなみと注がれたオレンジドリンクが出てきた。私は祖母のこういうところが大好きだった。いつだって悠然と構えているところが。私が友達を家に連れてきても、彼女はまったく動じることなく、まるで最初からそのつもりだったかのように、サンドイッチを余分に作ってくれた。こうやって、私のことも引き受けてくれたのだろう——母親が私を置いて出ていくと、祖母はただ肩をすくめて、まるで最初から二番目の子どもが欲しかったかのように、私を育ててくれたのだと思う。

本人曰くマリオネットラインと目尻の深い皺《しわ》はあるけれど、祖母は今でも美しかった。感謝の気持ちのおかげで、若さを保っていられるという。背が高いというわけじゃないけれど、その立ち居ふるまいから、三メートルはあるように見えた。誰も祖母を見下すことなんてできない。彼女の手はあたたかくて、顔は思いやりに溢《あふ》れていて、一本のブレイドに編んだ銀髪は、背中まで届く長さだった。いつか私もあんな風になりたい。長い髪を結んで、背筋をまっすぐ伸ばして、男物のアロハシャツを着て、自分の家でサンドイッチを作るのだ。

「月祭りには来るかい?」と祖母はキットに尋ねた。キットは顔を赤らめて、首をすくめた。

「ママが許してくれないんです」

「それは残念ね」と祖母は言い、既に洗った皿を片づけようと、シンクに向かった。「シルヴィー、あなたは? 今夜はどう?」

平日だったけれど、もちろん私は参加するつもりだった。もともと寝つきが悪かったし、祖母もそれを知っていた。すべては、あるがままに。これが彼女の口癖で、私はその言葉を「眠くなったら寝ればいいんだ」と解釈していた。

「分かってるくせに」と、私は口いっぱいに食べ物を入れたまま答えた。サンドイッチの残りを平らげ、ジュースを飲み干した。キットが見つけた動物が何なのか、調べなければ。

お皿についた最後のパンくずを唾液で濡らした指先でつまんでいると、「あなたのママから電話があったわよ」と祖母が言った。「街にいるあいだは、病院でバイトしてるって。家に寄るかもしれないね」

「ふーん」と私は答えてから、キットに言った。「さあ、行こう」。キットは祖母に食事のお礼を言い、私たちは堅木《かたぎ》張りの階段をドタバタと駆け上がって、私の部屋へ向かった。部屋は朝出た時のままだった。ベッドはぐしゃぐしゃ、汚れた靴下は洗濯カゴからぶら下がり、窓は大きく開けっぱなしで、日差しと風が入り込んでいる。ソニーのラジカセの再生ボタンを押すと、TLCの「Unpretty」がスピーカーから大音量で流れてきた。最近、何度もリピートしている曲だ。

「お祭りって、どんな感じ？　あなたのママ、本当にジプシーなの？」キットは矢継ぎ早に質問し、私のベッドに勢いよく飛び込んだ。私は彼女に背を向けて、部屋を綺麗にしなくちゃと思っているかのように、服を洗濯カゴのなかに詰め込み、デスクの机を整頓した。

キットは私に言った。ジプシーという言葉は、両親が使っているのを小耳に挟んだのだと。

どうやら、彼らは私の境遇をよく話し合っていて、キットは部屋でそれを盗み聞きしているらしい。キットの両親は、クリスマスカードに出てくるような家族を作っていた。ママ、パパ、キット、そして弟。全員が小綺麗にして、白い歯を見せて作り笑いを浮かべている写真は、来客の目に入るよう、壁に貼ってある。キットの母親は、よく似たケーブル編みのセーターと最新のヨガパンツを穿いたママ友たちに、ホームパーティでメアリー・ケイの化粧品を売り、ネットで買った真正のネイティヴ・アメリカンの陶器に入れた市販のワカモレをふるまっていた。会うたびに、彼女は私に弾けるような笑顔を見せ、奥歯に入った銀の詰め物をきらりと光らせていた。「ジプシー」という言葉を聞いた時、私は褐色《かっしょく》の肌をした美しく魅力的な人を思い浮かべたけれど、キットの繰り返しかたを聞いていると、その言葉は明らかに中傷だった。彼女の両親がその言葉で何を意味していたとしても、自分たちよりも劣った存在だと思っているみたいな。キットは、「祭り」も同じような言いかたをした。

「お祭りのこと、ママはなんて言ってるの？」私は手のひらに爪を立てながら、キットに尋ねた。

キットは笑い、ベッドに座り直した。「好きじゃないって。私がここに来るたびに、あの娘《こ》のおばあちゃんは、裸で歩き回ってるのか、なんて訊いてくるし」

指先をチクチクと刺すような怒りを感じた。肋骨《ろっこつ》にジャブを打ち込まれたみたいな気分。いったい誰が、グランマに批判めいたことを言えるわけ？　それもよりによって、キットのママが言うなんて、あり得ない。あの個性のない顔を睨《にら》み倒して、こう答えてやりたかった。

はい、私たち、裸族です、血の風呂に入りますって。キットの母親をどう思っているか、ここではっきり言ってやりたかったけれど、学校で私のことを変だと思わず、私が好きなゲームに興味を持ってくれる女子は、キットくらいしかいない。だから私は、質問の意味が分からないかのように、気にしないふりをした。

「すっごく素敵だよ」と私は祭りについて答えた。「来ないなんて、もったいない！」

母親のことは何も言わなかった。あの人のことは、ヘレンと呼んでいた。彼女のことは、誰とも話さなかった。母親のことを話すのも話さないのも、私の自由だから。それに、彼女を悪く思うことが許されるのは、私だけだ。

彼女は、世界を旅するために私を置いて出て行った。私は二歳で、「バイバイ、マミー！」なんて、初めて文で話せるようになった頃だった。顔を合わせるのは、彼女が家にふらりと戻って来た時――疲れていたり、何かを恋しく思っている時――だけだった。そのスケジュールは、彼女だけに理解できるシステムで管理されていた。渡り鳥が南に移動するタイミングや、潮の満ち引きで、見定めていたタイミング。娘の人生にいつ現れるかを決める、ヘレンの暦。彼女は自分がしてきたことを私に話すのが好きだった。ヨットの清掃で生計を立て、大陸を横断して男性を追いかけ、アンティグアの火山に入って銀の刃物で道を切り開いたこと。ザトウクジラの赤ちゃんと泳いだこともある。聖書に出てきた「燃える柴」を目指して、シナイ山を裸足で登った時のことも話してくれた。足にマメを作りながら、山頂で柴に頭《こうべ》を垂れたという。神の声を聞いた、と彼女は友人たちに語った。「神が何て言ったか分かる？」

と、彼女は目を輝かせながらみんなに尋ね、誰もが「何？」と秘密を知ろうと身を乗り出した。「何も言わなかった」。それが彼女の答え。神の声とは、ときに沈黙なのだ。

こうした経験を積んできた母親を妬んではいない、と私は自分に言い聞かせた。妬むことなんてできない。仮に私たちがお互いを知っていたとしても、ほとんど知らないも同然の関わりしかなかったのだから。

キットと私は、綺麗に分類された棚に向かった。私は捨てられたものに興味があった——頭皮から剝がれた角質、切った足の爪、動物の死骸——落ちた花びらを黄ばんだ楽譜の上で押し花にしたり、ヘビの皮をくるくると丸めて、標本瓶に入れてコルク栓をしたり。この領域では、私が専門家で、キットは私に従った。部屋のまんなかに写真を置いて、私の持っている骨をすべて調べる。オオカミ、クーガー、ヤギ、ヒツジ。シマリス、ウサギ、毒ヘビ、アオカケスもいた。カメも。私たちは、動物の頭を霊的な象徴《トーテム》のようにキットの写真の周りに並べた。動物の霊《スピリット》が、私の部屋の近くでたむろしているかもしれない——こうした骨のほとんどは、インターネットで遠方から取り寄せたものだったけれど——この謎を解く手助けをしてくれるかもしれない、なんて願うかのように。動物たちは、自分たちのパーツが私たちの手で並べられるところを眺めていた。私たちには解読できない微笑みを、永遠に浮かべながら。その表情には、何か暗いものがあった。真実味のある何かが。手持ちの骨を二人ですべて集めて、大腿骨《だいたいこつ》、肩甲骨、げっ歯類の鎖骨、変わったドアノブみたいな黄ばんだ椎《つい》骨《こつ》を放り投げた。私たちはヤマアラシの肋骨で頭蓋骨を叩いて墓場のような音楽を奏でながら、貧弱なお尻を弾けるように動かした。私はキットの髪の毛をクマの指の骨で梳かし、キットは私の髪に胸椎の冠をかぶせた。

しばらくすると、私たちは調べ疲れて思った。「たぶんキツネだな」。その答えが正しいかどうかは、気にしていなかった。見つけた骨が何かを特定することが、目的にならないこともある。私たちは、答えと同じくらい、疑問を楽しんでいた。骨を肌に当て、その独特な形を唇でなぞり、そこに残っている何かを味わう――なんだか甘くて、埃《ほこり》っぽく乾いている。それで十分だった。

私たちは骨をそのままにして、ヒナギクみたいに黄色い私の電話で、いろんな番号をダイヤルして遊んだ。インターネットでメイン回線が塞がれないように、祖母は二本目の回線を引いてくれていた。彼女がインターネットを使っていない時、その回線は私のものになった。使用中だと、ロボットみたいな不快な騒音と、ガーッという雑音が受話器に広がる――インターネット接続の音だ。

どこに行く予定もないのに、私たちは時報の番号に電話をかけた。#や*を押すと次々と別のチャットルームに入れる無料の出会い系サービスにも電話をして、実年齢よりも大人のふりをした。私たちにどんなことをするつもりか、男たちが話すと、私たちは笑った――胃が痛くなるほどの、ヒヒヒという醜《みにく》い笑い声。君たちをプリンセスみたいに扱ってあげる。足にキスしてあげる。君たちにたっぷりハチミツを塗って、みずみずしいお尻の割れ目を舐めてあげる。こちらが何をするつもりか、私たちは決して語らなかった。

それでも、キットと私は準備しておこうと思った。まずは自分の腕にキスマークをつける練習をして、次にお互いからキスマークをもらう練習をした。キットは私の鎖骨の下に小さな花を咲かせてくれたのに、私は彼女の左肩に真っ赤な斑点を残してしまった。私はキットを褐色の肌をした少年に見立てた。シャツをきちんとズボンのなかに入れ、学校で私に優しく微笑みかけている。そしてキットと私は、唇にキスする練習をした。私はスクールバスに乗る八年生。はにかみながらも、みんなから称賛の眼差《まなざ》しを浴びている。

「もう帰らなきゃ」と、五時頃にキットは言い、バイバイと手を振った。練習でできたキスマークはセーターで隠れている。祖母の声が階段から響き、車で家まで送るよと言ったけれど、キットは「ありがとう、でも大丈夫です」と答えた。彼女は歩いて帰る。骨を調べ、ごっこ遊びをして、ぎこちなく笑いあったせいで、すっかり疲れ果てた私は、ベッドに横たわり、見事な青が雄大に広がる空を眺めた。

最後に母親に会った時のことを考えた。薄手の黒いドレスにワインレッドのレザーブーツを合わせて登場した彼女は、娘が一一歳になった日を祝うというよりも、コンサートに行くみたいに見えた。私は、彼女がやって来たことに驚いた。それまではだいたい、誕生日の二週間前後に現れて、誕生日を外していた。その前の年は、まったく顔を見せなかった。

玄関先で、彼女はゴールドのラッピングペーパーに包まれた小さな箱を掲げていた。「ピアス」と彼女は言い、私に渡す前に箱をカタカタと振った。「女の子なら、ジュエリー持ってなくちゃね」。とはいえヘレンは、何もつけていなかったけれど。

彼女は祖母の戸棚から赤ワインのボトルを取り出し、グラスになみなみと注いで私の部屋に持ってくると、かつては自分のものだった私のベッドに体を押し込んだ。私は一緒にベッドの上に座り、二人で膝《ひざ》を立てて向かい合った。彼女は私に思い出話をした。ハイスクールの友人たちと一緒に、体にブロンズのスプレーを塗って公園で有名人の像になりきり、仲間の一人が通りすがりの人に野球帽を振って投げ銭を求めるあいだ、何時間も動かずにいた時のこと。週末はぼろ儲《もう》けしたけれど、稼いだお金のほとんどを偽のＩＤを持った知り合いの子につぎ込み、ライトビールとタバコを買ってもらっていたという。ボトルの中身が減るほど、彼女は過去に遡《さかのぼ》っていった。

「ボーイフレンドはいるの？」

「ヘレン、私はまだ一一歳だよ」

彼女は自分が一一歳だった頃の話をした。同い年のボーイフレンドの家まで自転車を走らせ、裏庭で彼にオーラルセックスをしていたこと。コンクリートを流し込んで手作りしたバスケットボール・コートでひざまずいていたから膝小僧が擦《こす》れ、コンクリートが骨に当たった――粉を拭いた肌に、逢瀬《おうせ》が残した痛み。彼の精液は何の味もしなかった、とヘレンは言った。「その後は違ったけどね」と、彼女はうなじの柔らかい毛に触れながら言った。私のことは見ていなかった。どこも見ていないようだ。彼女は自分の内面に入り込んでいた。

「その後は、すべて何かの味がする」

祖母が戸口に現れた。「ケーキができたよ」と私に言ったけれど、見ているのはヘレンだ。

「下に行って、フロスティングの準備をしてくれるかい？　私もすぐに行くから、ケーキが冷めたら一緒に仕上げしましょう」。祖母は私たちの会話を小耳に挟み、これ以上は続けてほしくないと思っている。それに気づいた私は、「はい」と答えた。私は別にそれでよかった。セックスについては、もう知っていると思っていたから。学校の女子たちが母親のコスモポリタンから破ってきた特集ページを見ていたし、体育用のショートパンツをまくり上げていたクラスメイトの女子の股ぐらに、男子が手を入れているところを目撃したこともあった。その男子は何も言われなかったのに、女子は服装規定の違反で報告されていた。だから、ヘレンに教えてもらう必要はなかった。

私は下に行くふりをして、戸口のすぐ外に隠れると、息をひそめた。ヘレンは叱られたらどんな風にふるまうんだろう、と興味津々だったのだ。でも、私が見たのは、祖母がヘレンの髪を指でとかす姿だった。祖母はヘレンに腕を回し、ヘレンはその腕のなかでくつろいでいる。私はキッチンに行き、ボウルと染料、絞り袋を乱暴に置きながら考えた。どうして母親は、わざわざ私を産んだんだろう？　これまでに彼女が付き合ったボーイフレンドの数と、種として飲み込んだ子どもの数を見積もってみた。苦痛はゼロ。私も飲み込まれていたらよかったのに。

その日遅く、祖母の友人たちが訪ねてきた時、母親は野原――広々とした土地に、緩やかな緑の斜面――に面した木のブランコに座り、ワインを注ぎ足したグラスを持ったまま、そっと揺れていた。ポーチから見ていた女性たち、そのうちの一人がもう一人に「あの娘」と言い、呆れた顔をした。祖母には聞かれないように、小声で囁《ささや》いていたけれど、聞いてしまった私は思った。彼女《ヘレン》がまだ「娘」なら、私たちはいつになったら女性になれるんだろう？

私は子どもの頃の母親を心に描いた。フリルやレースのついた服を着て、頭よりも大きな赤いリボンを髪につけている。ワインボトルとグラスを持つ代わりに、ロリポップで口をベトベトにして、同じブランコに座り、どんどん漕いで、どんどん高く、鼻が木の緑をかすめるほど高くまで上っている。葉は彼女の周りに落ち、赤や茶に色づくと、かつては乳と血と熱として生きていた自らの萎《しぼ》んだ骨格を、彼女の周りに残す。彼女は笑っている。これから空に飛び込み、雲のなかに埋もれた針のように、消えてしまうことも知らずに。彼女は私の名前を呼ばなかった。一言も発しなかった。そこにあるのは、ドレスを着た彼女とその笑顔だけ。青、ピンクがかったオレンジ、灰色がかった紫、そして黒へと色を変える空のなかへと、ブランコを漕いでゆく。


祖母の顔が私の上にあった。晴れやかで、穏やか。私は眠ってしまったのだろう。彼女は私が自分で腕につけたキスマークを手でなぞった。「準備はいい？」と尋ね、着替えを手伝ってくれた——私は白に近い淡いピンクのスカート、祖母はティールブルーのシフォンドレス。花の冠をつけた。色のついた粉の雲みたいなラベンダーとオレンジのカーネーションの冠。そして、私たちは外に出た。

私が眠っているあいだに、野原は変貌していた。祖母と友人たちはテントを張り、その下のテーブルに、ワインやパンにフルーツ（黄色い洋梨やネクタリン、ピンボールみたいに大きな完熟のブドウ）、バナナの葉のうえに美しく盛られたソフトチーズを並べていた。提灯と紙テープが、ポーチだけでなく、枝という枝から垂れ下がり、たき火がパチパチと音を立てている。野原はありとあらゆる光に包まれていた――柔らかい光、煌《きら》めく光、燃え盛る赤い光。誰かがウクレレを弾き、ほかの誰かがタンバリンを叩いている。女性だらけだった――祖母の友人たちに、隣町の見知らぬ女性たち。もっと遠くから来た女性たちもいた。子どもたちを教える女性たち、事務仕事をする女性たち、トイレを掃除する女性たちもいた。

実業家の女性たち、快楽を提供する女性たち。結婚した女性たちに、結婚しなかった女性たち。花をつけた女性たち、草のスカートを穿いた女性たち、ブレイドヘアの女性たち、ビーズをつけた女性たち、一糸まとわぬ女性たち。年老いた女性たち、年若い女性たち、背の高い女性たち。抱き合い、歌い、走り、祈る女性たち。夜に酒を酌《く》み交わす女性たち。

まん丸な収穫月の下で、体を揺らす女たちの森。祖母は私の傍を離れて踊りに行き、私は女性たちのあいだを縫《ぬ》って草むらを歩いた。こうした祭りのあいだ、祖母は私の手を握らない。進む道を決めるのは私。そして私は、これを信頼の証《あかし》と解釈した。自分のことは、自分でできる。私は大丈夫。キットとあの母親がこの場に放り込まれたところを想像してみる。血の気のない顔。縮こまって、途方に暮れるだろう。

そぞろに歩いていた私は、たき火の近くで話をしているグループに向かっていた。みんな、地面にあぐらをかいて座っている。彼女たちは私に手招きし、霊になった家族のことを語っていた──殺された妹、胎内で死んだ息子。この国の地を踏むことができなかった祖母。唯一の遺品は、子ヤギの革手袋。「手袋をするほど寒い日が滅多になくて」と孫娘は言った。隣にいた女性が、彼女の手を握りしめた。その女性の頰には、一列に並んだゴールドの円が描かれている。年齢は分からないけれど、私よりも年上で、私よりも肌の色は濃く、私よりも美しい。私は幸運です、まだ愛する人を亡くしていない、今のところは、と彼女は言った。生きていても幽霊になってしまうこともあるし、そのほうが辛いこともある、とも語った。私は彼女たちのなかに座り、みんなの物語に酔いしれ、初めて気づいた。私たち一人ひとりが過去へと遡る環であることに。母から娘、そして母へと、時間のはじまりから途切れることなく繫《つな》がり、乳と血で結ばれていることに。突然、祖母と自分のあいだに存在する空間が、差し迫ったものに思えてきた。

「あなたの話をして」。女性たちは促しあった。私は目を閉じて、自分の物語を考えようとした。過去ではなく、未来の話を。岩や根を超えて、私は地下にいた。骨のような石が、私を深く、ずっと深くまで引きずり下ろし、私は黄色く溶解した地球の中心部に辿《たど》り着いた。中心部を通り抜け、髪や筋肉、自分のすべてを脱ぎ捨てたと思ったところで、皮膚のない本当の自分の姿を見た。私は煌びやかな生きものだった。すらりとしていて、輝いていた。

それから、その光景を突き破って、自分の声が聞こえてきた。「シルヴィア」と呼ばれて、それが自分の声でないことに気づいた。目を開けると、私の前にヘレンが立っていた。まるで煙のなかから現れたかのように。緑色の手術着《スクラブ》を着て、疲労で曇った笑顔を浮かべている。

「見つけた」と彼女は言った。彼女はハンドバッグを腕にかけると、手を差し出した。私は何も言わなかった。私はずっとここにいた。彼女が私を残して去っていったこの場所に。私は輪のなかから立ち上がり、ヘレンの手を取った。「お腹すいた」と彼女は言い、私を家のほうに連れてゆく。背後に女性たちの声を残して——喜びの涙に、悲しみの笑い声。繋がりの音。

玄関先で、私は彼女を引きとめた。満月になると、月の光だけを頼りに動く悪戯《いたずら》な生きものや不思議な獣が現れる、と祖母はいつも言っていた。私はヘレンを睨みつけた。ずっと不在だった時間。彼女の飢え。確認しておきたかった。「吸血鬼《ヴァンパイア》だったりする？」と私は尋ねた。危険を招き入れるようなことはしたくないから。ヘレンはバッグのなかを漁り、ハート型のコンパクトに映る自分の顔を大真面目で私に見せた。

「まだなってないよ」と彼女は答えた。

私はドアを大きく開け、勢いあまってそのドアを壁にぶつけた。それから派手に足音を立てて二階まで上がり、ベッドの端に座った。脚をぶらぶらしながら、ヘレンを待つ。彼女は必ずしも私に会いに戻って来たわけじゃないけれど、それでもここに来ることは、分かっていた。

ヘレンはツナサラダの残りを持ってきて、タッパーウェアから直接食べていた。それから、ミルクの入ったグラスも。「これ、飲んで」と彼女は言って、私にグラスを手渡した。

「どうして？」

「母親って、こういうことするんでしょ？　眠れない子どもにミルクをあげるとか」

私は何も言わなかった。ミルクはグラスのなかで、青白く光っている。「骨にいいんだよ」とヘレンは促した。

「でもそれ、嘘なんだって」と私は喜んで反論した。「私が子どもの頃は、本当だったんだけどな」。私が渋々ミルクに口をつけるまで、彼女は黙っていた。それから床の上の骨をフォークで指して言った。「それは何？」

「コヨーテの大腿骨」と私は答えた。祖母がアリゾナ旅行のお土産にくれたものだ。

ヘレンは笑った。「そうなんだ！　あなたって、私にそっくりだね」

私はその言葉に苛立《いらだ》ち、腕の産毛が逆立った――私がどんな人間か、彼女に何が分かるっていうの？　私は型にはまったキットの母親を思い浮かべ、その目でヘレンを見つめた。さすらい人で、劣った存在。

「私の友達、お母さんに許してもらえなくて、月祭りに来れないんだ」

ヘレンは私を見た。その目の中心は、ブドウみたいに真っ黒だ。「そのお母さん、何やってる人？」と彼女は尋ねた。既に答えを知っていて、それがくだらないものだと分かっているかのように。

「家にいるよ」と私は答えた。気のせいかもしれないけれど、ヘレンが息を吸い込む音が聞こえた。たじろぐかのような、小さな音。彼女は問いかけた。「それが良い母親の条件？」

あなたはすべての答えを持っている、世知に長《た》けた女性じゃないか。私はグラスを握りしめ、心の準備をした。「私に母親のことなんて、分かるわけないでしょ」

一拍置いてから、ヘレンは笑った——掠《かす》れた、悲しげな声で——そしてタマネギをフォークで刺し、ボリボリと強く嚙《か》みくだいた。「家で飼いならされるのは、動物だけだよ」と彼女は言った。「本当は、動物だってそんなの嫌なはず」。キツネの群れになったキットの家族を想像してみた。誰かの暖炉のマントルピースに、彼らの頭蓋骨が綺麗に並べられている——パパとママに、子どもが二匹——滑らかな毛皮がないと、お互いが誰かも分からない。

「すべては、あるがままに」とヘレンは言った。私に微笑みかけ、その瞳も柔らかくなった。そこには、何か暗いものがあった。真実味のある何かが。「自分らしく生きることを学ぶか、別の誰かとして死ぬか。単純なことだよ」

単純なことには思えなかった。私の憤りが二人のあいだで膨らんでいくなか、無言で座っていたあの時には。ずっと後年になって、私は気づくことになる——ピアス、ミルク、正直さ——ヘレンは私に与えることで、自分を受け入れてほしい、と求めていたのだと。彼女は私に赦《ゆる》しを請うことはできなかった。ありのままの自分で生きていたから、その生きかたを謝ることなんてできなかったのだ。

「早く飲んで」と彼女は言いながら、私のグラスをコツコツと叩き、もちろん私は言うことを聞いた。私たちは木と果実だった。彼女がどれほど長いあいだ家を空けていても、私の体はいつだって知っていた。

彼女は空になったタッパーウェアとグラスを持って、階下に消えていった。その足音が静かになるまで、私は耳を傾けていた。足音が完全に聞こえなくなり、彼女が空き部屋に行ったと分かるまで。ヘレンの暦が次の旅先を告げるまで、彼女はそこで眠るのだ。

ラグマットの上に散らかったままの動物の遺骨とひとり残され、ミルクでお腹を満たされた私は、そのまま眠りについた。自分でベッドタイム・ストーリーを語った。女性がひらひらと踊り、女性がくるくると回る姿を思い描く。ヘレンは暗闇のなかへと飛んでいった。

自分の骨が、ヘレンと似たようなものになってゆくのを感じた。頑丈で、鋭くて、人間の骨だとは思えないほどに美しい。一〇〇年後、考古学者か好奇心旺盛な子どもたちが私を掘り起こし、バラバラになった私の大腿骨から土を払い、上腕骨《ヒューマラス》を調べて、ユーモラスと掛けたジョークのネタにするだろう。でも、骨を見たところで、彼らには分からない。私のすべてを見てはいないのだから。強烈にエキセントリックなこの性格や、私の背骨を渦巻いて収まることのない電流を。彼らは骨の一部を撮影し、ニヤリと微笑む歯を数えながら、私が何の動物だったのかを考えるだろう。私の骨には銅メッキが施され、ガラスで守られた壁に掛けられ、人々はお金を払ってそれを見に来るはずだ。

ACKNOWLEDGMENTS

謝辞（またの名を「ラヴレター」）

文章を書くのは、孤独な作業だ。多くの人々の助けを必要とするまでは。

大勢の素敵な人々の励まし、導き、エネルギーがなければ、この本は完成しなかった。このページで、私は完璧を期することはできない。書き忘れる名前があるかもしれない。でも、本書の執筆中に、あなたが原稿を読んでくれたり、感想を書いてくれたり、ご飯を食べさせてくれたり、私の場所を確保してくれたり、私と一緒に笑ったり泣いたりしてくれていたら、私が感謝していることを覚えておいてほしい。私にとって、感謝は特別な愛であることも。

メレディス・カフェル・シモノフに、たくさんの愛を。「あらゆることに対応してくれる」私のスーパーエージェント。そうする義理もないのに、駆け出しだった私を受け入れてくれた。そのサポート、知性、洞察力に感謝。その心にも。あなたは、私の期待をはるかに超えた存在です。グローヴの編集者、ケイティ・レイシアンにも愛を捧げます。同じ志を持ち、豪快に笑い、芸術的に日常を生きる天才。この本を見て核心を理解し、そして何よりも私を理解し、私たちのために闘ってくれた。アトランティックの編集者、ジェイムズ・ロクスバーグにも大きな感謝を。彼はEメールからベストセラーを作る手腕の持ち主で、忌憚《きたん》なく意見を述べ、収録作を優しくも真剣に取り扱ってくれた。私たち四人は、最高のドリームチーム。

コンピューターのページだった作品を、書籍として世に出してくれた皆さん。グローヴ・アトランティックとアトランティック・ブックスのチーム（特にデブ・シーガー、ジュディ・ホッテンセン、ケイト・アストレラ、ポピー・モスティン＝オーウェン）にもお礼を。こんなにも美しい表紙をデザインしてくれたグレッチェン・マーゲンターラー、ケリー・ウィントン、ヘレン・クロフォード＝ホワイトにも謝意を表したい。制作チーム、校正・校閲の皆さんにも心から感謝している。ジュリア・バーナー＝トビン、サル・デストロ、キャシー・マクソーリー、ブレンナ・マクダフィー、カーステン・ジブトウスキー。あなたがたはロックスター！　それから、プロジェクトを円滑に進めてくれたジェイシー・ミツィガとハンナ・ケンンネにもありがとう。

ウィスコンシン大学マディソン校の創作プログラムにも恩義を感じている。物語のほとんどが、まずここで書かれた。ジェシー・リー・カーチェヴァル、ショーン・ビショップ、アマド・ジャマル・ジョンソン、エイミー・クワン・バリーには特にお礼を述べたい。ジュディ・クレア・ミッチェルには、私の作品を最初に評価してくれたこと、内容が良くない時にはそれを指摘してくれたことに感謝している。でも、良い時に褒《ほ》めてくれたことには、特にありがとう（#vivalajudy!）。収録作品をごく初期の段階で読み、私と時間を過ごし、作品を通して語ってくれた小説家の仲間たちにも愛と感謝を。マディ・コート、ジャック・オーティス、ロドリゴ・レストレポ（いろいろありがとう）、キャリー・シュエトペルツ、ジェニー・シードワンド（深夜のネットフリックス大会もありがとう）、エミリー・シェトラー。時間、空間、経済的支援を提供してくれた多くの団体にも心から感謝しています。ヘッジブルック、キーウェスト文学セミナー、ジャック・ジョーンズ・リテラリー・アーツ、ティン・ハウス（特にカラオケ・レジェンドのランス・クリーランド）、エリザベス・ジョージ財団に深謝を。本書の巻頭に掲載されている雑誌の編集者の皆さんには、この作品に注目してくれたことと、物語を掲載してくれたことにお礼を述べたい。

私が大いに尊敬する作家の皆さん。その才能と寛容さ、初期の段階で物語を読んでくれたこと、助言と支援をくれたことにも感謝の言葉を。ナナ・クワメ・アジェイ＝ブレニヤー、ジャメル・ブリンクリー、ダニエル・エヴァンス（ウィスコンシン大学でのあなたの素晴らしさに、ありがとうを追加）、ローレン・グロフ（ティン・ハウスからずっとありがとう）、T・キラ・マッデン、ナフィッサ・トンプソン＝スパイアーズ。かけがえのない経験でした。

気の置けない友人たちがいなければ、私はこの道を進みたいとは思わなかった。マイケル・リー（私たちはご飯友達！）、マリア・アルバレス、シェリー・セネイにビッグ・ラヴを。早くからサポートしてくれたTSWTにもありがとう。シェイラ・シブリー、あなたは私の人生を癒してくれる人――一緒にずっと歩んでくれてありがとう。そしてサラ・フックス――あなたの鋭い目と、あなたならもっとできるはずだと強く言ってくれたことで、ここに収録された物語は大いに助けられました。本当にお世話になりました。

私を信じてくれた家族には、最大の感謝を。いかに生きるかを私に教えようと、精いっぱいの努力をしてくれた父と母には、愛、感謝、尊敬の念しかありません。

最後に、この一〇年間、私をずっと支え続けてくれたジェイソン・モニーズにありがとう。ともに成長し、失敗し、空を飛んでくれた人。顔を見るだけで、私の心を正確に理解してくれる人。私のなかで自己嫌悪が募った時に、私の良いところを見出してくれて、ありがとう。

TRANSLATOR'S POSTSCRIPT

訳者あとがき

本書は、ダンティール・W・モニーズ著『Milk Blood Heat』（グローヴ・プレス、二〇二一年二月刊）の全訳である。

モニーズのデビュー作となる本短編集は、さまざまな世代の人々（主に女性たち）が日常で経験する苦しみや悲しみ、怒りや不安、喜びや気づきを独特の暗さと温かさで描いた情緒豊かな作品だ。刊行当初から大きな話題を呼び、二〇二一年度のＰＥＮ／ジーン・スタイン賞とＰＥＮ／ロバート・Ｗ・ビンガム・デビュー短編集賞の最終候補作、二〇二二年度のニューヨーク公共図書館ヤング・ライオンズ・フィクション賞の最終候補作品となるなど、全米で高い評価を得た。全米図書財団による「5 Under 35（三五歳未満の五人）」にも選出された彼女は、同じく短編集（『フライデー・ブラック』）で鮮烈なデビューを飾った同年代のナナ・クワメ・アジェイ＝ブレニヤーと並んで、若手作家として将来を嘱望されている。

一九八九年に生まれたモニーズは、本書収録の物語ほぼすべての舞台となるフロリダ州ジャクソンヴィルで育った。読書家の母親の影響で幼い頃から本に親しむと同時に、詩や文章を自ら認《したた》めていたという。「手当たり次第に読んでいたから、年齢に相応しくないものもあったけれど、家族は何でも読ませてくれた」ことが、読者としての自身を育て、母親のすすめでV・C・アンドリュースの『屋根裏部屋の花たち』を読んだことが、「人間の暗い部分や、口には出しにくいことを探求する傾向を持つ」作家としての資質を助けたと語っている。現在は、MFA（芸術修士）を取得した母校ウィスコンシン大学マディソン校で創作を教える傍ら、執筆活動を行っている。

モニーズの筆致は、「読むだけでなく、感じるもの」（ボストン・グローブ紙）、「ニュアンスと味わい深さを兼ね備えている」（ションダランド）など、各方面で絶賛されている。「物語がイメージの形で浮かぶことも多いので、私の脳は絶えずイメージを言葉に、言葉をイメージに変換している」と語る彼女が、瑞々しく詩的な文章を紡ぐうえでこだわっているのは、「音とリズム」だ。声を出して文章を読み、正しい音やリズムが生まれていないと感じた時には、音やリズム優先で別の単語に変えてしまうほどの徹底ぶりだが、「その単語の定義を調べてみると、どういうわけか言いたかったことや意味にもっとも近くなっている」という。また、大学院在学中に初めて観客の前で作品を読んだ際には、「君の作品の音と静寂がとても良かった」と詩人のビリー・コリンズに賞賛されている。音、リズム、間《ま》が、彼女の直感的かつ身体的な文章の大きな要素であることが分かるエピソードだ。

もちろん、絶賛されているのは文体だけではない。一見関係なさそうな複数の出来事（本人曰く「種」）をひとつに結びつけて物語へと昇華させ、ひとつの出来事を複数の視点から見ることに長けたモニーズは、「フロリダ・ゴシック」（アヴェニュー誌）とも称された美しくダークな物語のなかで、人間の儚さと逞しさ、脆さと強さ、汚さと美しさ、冷たさと温かさなど、万人に内在する数々の要素をあぶり出す。彼女が描く登場人物も、不完全だからこそ誰もが人間らしく、どこか共感できるところを持っている。作家／大学教授／編集者／社会評論家として大きな影響力を誇るロクサーヌ・ゲイが主宰するブッククラブでは、本書で描かれる母親像が特に注目された。幼い娘を置いて旅に出かけ、気が向いた時にだけ帰ってくるフーテンの母親ヘレン、妊娠しながらも不安に駆られ、母親になるか否かを決められないビリー、罪の意識に苛まれた卑屈な態度で、娘の神経を逆撫でするフランキー……「モニーズの描く母親は、パーフェクトであることよりも、オーセンティックであることを優先している」、「善悪を決めつけずに複数の母親を描くことで、モニーズは母親になるための正しい方法はひとつではないことを示しており、母親の経験をありのままにさらけ出している」といった意見のほか、子どものいない読者からは、「母性というテーマが出てくると歯がゆい思いをしがちだが、モニーズが描く母親の二面性は新鮮だった」という声も上がっていた。母親だって、この世で生きるのは初めてで、母親という属性の前にひとりの人間として存在している、という思想が、彼女の物語の根底には流れているのだ。「悪い人って、どういうこと？　良い人って、どういうこと？　それを定義するのは誰？　私が善人か悪人かを決定する力を持つのは誰？」登場人物とモニーズは、読者にそう問いかけている。

さらに本書には、女性であること、黒人であることで登場人物が直面するアメリカの日常が、さりげなく挿入されている。「エイヴァの方が美しいけれど、肌の色が遥かに濃いせいで、引き立て役になりがちだ」（「ミルク・ブラッド・ヒート」）、「修士号や高いクレジットスコアと同様に、この赤ちゃんは私の価値を認めてくれた」、「普通の倍努力しても、得られるものは半分」（「饗宴」）といった記述は、アメリカの黒人女性に共通の認識だろう。「スノウ」の主人公トリニティの「他人に仕える以外は自分に取柄なんてないのでは」という懸念もリアルに響く。ジェンダー・ギャップ指数が一四六か国中で一一六位（二〇二二年）と、先進国、アジア諸国のなかでも最低レヴェルの日本に住む読者ならば、こうした黒人女性の状況や心の機微を一部は理解できるのではないだろうか。また、バーテンダーのトリニティ（モニーズ自身も一八歳から大学院入学までバーテンダーとして働いていた）は、自身の顧客について、「大半が暮らし向きの良い中年の白人で、リベラルを自称しながらも、おそらく定期的に話している黒人は私だけだろう」と考察し、「私の立ち居ふるまいや、知的で上品な話しかたに、心底驚いていた」と、悪気のないリベラルな白人によるマイクロアグレッション（無意識の偏見／差別に基づく行動）を表現している。なお、「speak well/well-spoken（知的で上品に話す）」という誉め言葉は、インテリで知られる元大統領バラク・オバマにも多用されていたが、「黒人は知的で上品な英語を話さない」という根強いステレオタイプに基づくため、これは立派なマイクロアグレッションだ。さらには、「欠かせない体」に登場する「どこに行っても、どんなふるまいをしても、彼女たちの行動や外見、その存在は、どういうわけか常に監視の対象になっていた」という言葉も、多くの黒人女性の共感を呼んだ一文である。そのほかにも人種関連の描写はあるものの、作品を通じてモニーズは、弱さや欠点を含めてありのままに人物を描くことで、「人種」を超えた「人間」としての輪郭を際立たせている。「自分の作品に人種を書き込むことは重要だと思う。でも、黒人の作家や周縁化された作家には、それだけを期待されてしまうことがある。私は黒人とその世界を描写するけれど、それが中心点ではない。私はまだこの人を愛してる？　壊れつつある世界に子どもを誕生させるって、どんな感じ？　とか、人間が経験することを経験している人々について記しているのだから」

前述のとおり、本書収録の物語はフロリダ州を舞台にしており、彼女はその理由をこう語っている。「南部は、その歴史を理由にいろいろな意味で見下されている。フロリダを含む南部は抑圧された州。でも、南部の差別はこの国の根幹を作った。これが建国の経緯。文字通り民族を盗み、既にここに住んでいた人々を殺害して国を建てたのだから、この国から闇を消し去ることはできない。フロリダは書く価値のない場所だと思われているからこそ、私はこの場所について書きたかった。フロリダは私を作り上げた場所だから。でも、具体的な通りの名前とか、そういうことを書きたかったわけじゃない。あの雰囲気や感覚、熱気を書きたかった。気候って大きな要因になると思う。暑くて、湿気がすごくて、息もできないように感じる時、それが人間にも影響を与える。まとわりつくような暑さがずっと続いたら、思考や行動は、どんな影響を受ける？」

日本の過酷な夏を生き抜いている読者ならば、フロリダの熱気や湿気に囲まれて暮らす登場人物の心情や行動に、自分を重ね合わせることもできるだろう。「これらの物語が、あなたに語りかけ、あなたの魂のなかで根を張り、成長することを願って」――これが著者から日本の読者に向けたメッセージ。この本がみなさんの魂のなかだけでなく、家庭の本棚、書店、図書館でもしっかりと根を張り、成長しますように。

最後に謝辞を。本書の日本語版刊行にあたっては、河出書房新社の岩本太一さんがいなければ実現しなかった。これからも良質の作品を日本語で紹介できるよう、ご指導ご鞭撻のほど宜しくお願いいたします。石黒治恵さんと北野詩乃さん。毎度のことながら、フィードバックや励ましの言葉をありがとう。I would also like to thank Jermaine Matthews, Jayla Matthews, and Tracy Wiedman (my sensei) for their kind support. 校正、装幀、営業など、本書に関わってくださったすべてのかたがた、本書を手に取って読んでくださっているみなさん、本当にどうもありがとうございます。この本を日本語で出すことができて、心から幸せです。

二〇二三年二月

ワシントンDC郊外（PGカウンティ／MD）にて

押野素子

ダンティール・W・モニーズ（Dantiel W. Moniz）

一九八九年、フロリダ州ジャクソンヴィル生まれ。現在はウィスコンシン大学マディソン校アシスタント・プロフェッサーでクリエイティヴ・ライティングを指導している。二〇一八年、本書の表題作「ミルク・ブラッド・ヒート」でアリス・ホフマン小説賞等を受賞。二〇二一年、全米図書賞「5 Under 35」に選出される。

押野素子（おしの・もとこ）

翻訳家、東京都生まれ。米・ワシントンＤＣ在住。青山学院大学国際政治経済学部、ハワード大学ジャーナリズム学部卒業。訳書に『ヒップホップ・ジェネレーション［新装版］』（ジェフ・チャン著、リットーミュージック）、『フライデー・ブラック』（ナナ・クワメ・アジェイ＝ブレニヤー著、駒草出版）、『THE BEAUTIFUL ONES プリンス回顧録』（ダン・パイペンブリング編、DU BOOKS）、『私の名前を知って』（シャネル・ミラー著、河出書房新社）、『ディアンジェロ《ヴードゥー》がかけたグルーヴの呪文』（フェイス・A・ペニック著、DU BOOKS）、『シスタ・ラップ・バイブル――ヒップホップを作った１００人の女性』（クローヴァー・ホープ著、河出書房新社）、『アフロフューチャリズム――ブラック・カルチャーと未来の想像力』（イターシャ・L・ウォマック著、フィルムアート社）、『評伝モハメド・アリ――アメリカで最も憎まれたチャンピオン』（ジョナサン・アイグ著、岩波書店）など。著書に『禁断の英語塾』（スペースシャワーネットワーク）、『今日から使えるヒップホップ用語集』（スモール出版）など。

ミルク・ブラッド・ヒート

2023年4月20日　初版印刷
2023年4月30日　初版発行

著者　ダンティール・W・モニーズ
訳者　押野素子
発行者　小野寺優
発行所　株式会社河出書房新社
〒151-0051
東京都渋谷区千駄ヶ谷2-32-2
☎03-3404-1201（営業）
03-3404-8611（編集）
https://www.kawade.co.jp/
組版　佐々木暁
印刷　株式会社暁印刷
製本　小泉製本株式会社
Printed in Japan　ISBN978-4-309-20878-7